그저 널 안아주고 싶었어

그저 널 안아주고 싶었어

초판 발행 2019년 06월 07일

글 하지회
그림 손수민
펴낸이 조광환
펴낸곳 프로작북스

ISBN 979-11-963695-7-6 03810

주소 인천광역시 부평구 장제로 163
전화 010-2090-8109
팩스 02-6442-4524
이메일 luffy1220@naver.com
등록 제 2019-000008호 (2017년 6월 21일)

그저 널
안아주고 싶었어

글 하지희 그림 손수민

차례

프롤로그 • *8*

가끔 나 힘들다고
소리쳐 보는 건 어때? • *12*

얼마나 나이를 먹어야 무뎌질까?

때로는 시작하지 못하는 감정도 있어

우리는 왜 관계를 시작하는 방법만 배웠을까?

아픈 건 너의 발 뿐이기를 바랐어

너의 안녕할 연애를 위해

힘들다는 말 한마디를 꺼내기가 그렇게 어렵더라

이별 앞에서 나만 이렇게 아픈 거야?

가끔은 "열심히"보다 "적당히"가 필요하기도 해

"고마워", "미안해"라는 말에 인색해지지 않기를

나는 너에게 무뎌지지 않길 바랐어

55분 증후군?
우리는 5분도 소중한 직장인이니까 • *90*

친구니까 익숙한? 아니, 친구라서 무례한

나는 그저 내 이름이 부끄럽지 않았으면 좋겠어

55분 증후군? 우리는 5분도 소중한 직장인이니까

왼손잡이 재연이

나는 아직 머리와 마음이 따로 움직여

아기 고양이의 성장을 지켜본 적 있어?

슬럼프, 난 널 원하지 않았어

우리는 연애를 통해서 무엇을 얻을 수 있을까?

나이가 들어 간다는 건 예전에는 몰랐던 걸 알게 된다는 거야

노란색 머리카락이 어때서?

차례

뒤척이던 그날 밤,
잊고 있던 노랫말을 흥얼거렸어 • *160*

토요일 오후 네 시, 내가 행복해지는 시간

몸이 아프면 병원에 가잖아? 그럼 마음이 아플 땐 어디로 가야 해?

나의 공간은 '삭막함'이 아니라 '생동감'으로 가득했으면 좋겠어

어느 날 문득 웃음이 나던 날

면접에서 떨어졌던 날에 듣고 싶은 말이 있었어

지금이 아니면 안 되는 것들이 있어

네 고민을 말해주겠니?

뒤척이던 그날 밤, 잊고 있던 노랫말을 흥얼거렸어

오직 '나'만을 위한 한 끼가 필요해

에필로그 • *221*

빨강머리 앤,
그녀를 다시 만나던 날

빨강머리 앤을 다시 만난 건, '브런치 프로젝트'에서였다. 그녀의 머리색 만큼이나 빨간 단풍잎으로 가득찬 10월의 가을날, 나는 오랜 친구를 만났다. 초등학교 꼬마 때부터 지금까지, 내 책장에 꽂힌 책 한 권에서 시작된 인연이었다.

아마 이삼십대 여성이라면 누구나, 앤과의 첫 기억은 비슷할 것이다. TV 만화영화나 책에서 만났을 테니까. 그녀 특유의 성격 덕분에 우린 금세 친구가 되었고, 그녀와 함께 성장했다.

꼬마가 어른이 되는 긴 시간 동안, 앤은 항상 한결같았다. 언제나 밝고, 순수하고, 웃는 모습이었다. 오랜만에 다시 만난 앤도 마찬가지였다. 이번엔 누군가의 일상으로 들어가, 같이 호흡해 보자고 했다. "그동안 나의 친구가 되어줬으니, 이젠 내가 너에게 먼저 찾아갈게."라고 말을 건네었다.

앤 셜리다웠다. 그녀는 누구에게나 따뜻한 봄 같은 사람이었으니까. 무뚝뚝한 마릴라 아주머니 얼굴에 웃음이 피어났고, 속마음을 드러내지 않던 분이 마음을 표현할 줄 알게 된 건 전부 앤 덕분이었다. 존재만으로도 사랑스러운 사람이었다.

그녀와 다시 만났던 날, 나는 고민을 하나 털어놓기로 했다. 그렇게 첫 번째 글을 썼다. 어떠한 형태의 이별이든, 매번 반복하는 안녕이란 말 앞에서 덜 아플 수 있는 방법이 있는지 궁금했다. 언제나 숙제처럼 남았던 헤어짐, 나이를 먹어도 아픔의 강도는 왜 줄어들지 않는 걸까? 그래, 사실 앤에게 듣고 싶은 말이 있었다. 누구나 다 그렇다고, 헤어짐 앞에선 눈물 흘리고 가슴 아파한다고, 지극히 정상이니 마음껏 슬퍼하라고.

어설픈 위로보다 진심 어린 공감이 더욱 와닿을 때도 있지 않은가. 친구와 대화를 하다가 자연스레 깨닫곤 했다. 나의 고민과 너의 고민이 크게 다르지 않음을, 그것은 대부분 객관적인 답이 없는 인생의 어려운 문제임을, 결국 자신의 판단에 맡겨야만 한다는 것을.

누군가는 물어볼지도 모른다. "말한다고 해결되지도 않는데, 뭐하러 말해?"라고.

알고 있다. 말한다고 해결되진 않는다는 걸. 그럼에도 말을 하는 이유는, 그저 마음속에 있는 말을 드러내는 일만으로도 기분이 나아졌기 때문이다. 어쩌면 해결책이 필요한 게 아니라, 공감이 필요한 걸지도 모르는 일이었다. 앤 셜리가 우리에게 보여준 것처럼.

평범한 우리들의 평범하지 않은 진솔한 이야기를 시작하려

한다. 누구나 고민했지만, 쉽게 입 밖으로 꺼내지 못했던 이야기를 시작하려 한다. 앤 셜리는 해결책을 제시해주는 대신 진심으로 공감하고, 상대방의 기분을 이해하려 노력했다. 그녀의 따스한 시선이 일상 곳곳에 머물러 작은 행복을 만나게 해주었다.

　빨강머리 앤이 그러했듯, 작은 위로가 될 수 있길 바라며 한 통 한 통 편지를 썼다. 존재만으로도 따스한 봄 같았던 그녀처럼, 편지 하나가 누군가를 포근하게 감싸 안아줄 수 있기를 바란다.

1

가끔 나
힘들다고
소리쳐 보는 건
어때?

얼 마 나

나 이 를　먹 어 야

무 뎌 질 까 ?

To. 인간관계가 주는 상처에 아파한 적 있는 너에게

"앤 선배님, 혹시 저녁에 시간 있으신가요?"

회사 후배의 S.O.S였어. 일을 제법 잘해서 눈에 띄는 친구였는데, 며칠 전 연락이 온 거야. 요즘 표정이 부쩍 어두워 보여 신경이 쓰였던 터라, 주저 없이 약속을 잡았지. 퇴근 후 회사에서 최대한 멀리 떨어진 곳으로 갔어. 좋아하는 치킨집이 있거든.

먼저 말을 꺼내기가 조심스러웠는데 맥주를 한 입 마시고 나서 그녀가 바로 입을 열었지.

"일보다 사람 관계가 힘들어요."

회사 문제일 거라 예상은 했지만, 의외였어. 일이 적성에 안 맞는다거나 업무가 버겁다거나… 그런 고민일 거라 생각했는데 사람 관계였다니. 쾌활하고 낯가림 없는 성격이라서 잘 지내는 줄 알았거든. 언제나 먼저 다가오고, 말을 걸어주는 친구였기에 관계 때문에 힘들어할 거라고는 짐작조차 하지 못했어.

"휴… 상처에 대한 면역력은 왜 나이를 먹는 만큼 길러지지 않는 걸까요?"

"전 20대 초반에요, 중반이 넘고 후반이 되면 사람 대하는 게 수월할 거라고 생각했어요. 내공이 많이 쌓였을 테니까요. 그런데 아니에요, 똑같이 어려워요. 도대체 얼마나 지나야 인간관계에서 오는 상처에 무덤덤해질 수 있을까요?"

"사실은요, 얼마 전에 의견 차이로 부딪힌 동료가 있어요. 나이도 같아서 친하게 지냈었는데, 요 며칠 들어 저를 은근히 소외시키는 게 느껴져요. 기분이 상한 것 같더라니. 그 이후로 내가 무슨 잘못을 했나, 남 눈치를 보게 되고 자존감이 떨어져요. 저는 어떻게 하면 좋을까요?"

이런, 마음이 많이 다친 듯 보였어. 입사한 지 6개월이 넘는 동안 한 번도 본 기억이 없는 표정이었거든. 어쩌면 내가 보지 못했던 걸지도 모르지. 언제나 환한 아이니까, 언제나 잘하는 친구니까, 하는 생각으로 그녀의 속마음을 외면했던 건 아닌지 미안해졌어.

"아니야, 은아 씨의 잘못이 아니야. 나도 그래. 나도 사람에게 다치고, 때론 깊게 패인 상처에 오랫동안 아파하기도 해.

난 서른을 넘긴 지 벌써 한참인데도 이런다? 웃기지?"

나의 말에 그녀는 당황한 듯 보였어.

"네? 선배님이요? 에이, 다른 분들하고 엄청 잘 지내시던데
요?"

어쩌면 우리 둘, 굉장히 닮은 사람이겠구나 싶은 거야. 활발
하고 낯가림 없는 성격 같아서 인간관계에 문제가 없어 보이
지만, 혼자만 알고 있는 비밀. 상처란 상처는 다 받고 혼자 속
으로 끙끙 앓는다는 것.

"난 은아 씨가 그렇게 보였는데? 나도 고민을 많이 했어. 자
책도 하고. 은아 씨가 했던 질문이랑 똑같은 질문도 했었지.
나는 언제쯤 상처에 무뎌질까? 마흔이 되고, 쉰이 되면 노련
해질까? 그땐 면역력이 높아져서 상처 따윈 없이 좋은 관계만
유지할 수 있을까? 하고. 내가 내린 결론이 뭔지 알아요?"

그녀는 '뭔데요? 빨리 알려 주세요' 하는 표정으로 나를 바라봤어.

"서른은 서른의, 마흔은 마흔의, 쉰은 쉰 나름의 힘듦이 있다. 라는 결론을 내렸어요. 자, 생각해 봐요. 은아 씨가 마흔이 되었어. 회사에서 어느 정도 직급에 올랐을 거고, 부하 직원도 있겠지? 팀장이 되어 있을 수도 있고, 부장이 되어 있을 수도 있고. 난 꼭 훌륭한 상사가 되어야겠다고 다짐하겠지. 근데 은아 씨가 지금 사원 입장이어서 잘 알잖아. 상사의 좋은 의도가 마냥 좋게 받아들여지진 않는다는 걸. 우리 팀장은 도무지 이해할 수 없는 사람이라고, 투덜거린 적 있지 않아요?"

누군가가 생각났는지 그녀는 푸핫, 짧은 웃음을 터트리더라고.

"김은아 팀장은 그런 직원의 마음을 눈치채지 못할까요? 아닐걸, 사람은 누가 자기를 싫어하고 좋아하는지 충분히 느낄 수 있거든요. 나는 좋은 뜻으로 말했는데, 저 친구는 왜 곡

해해서 받아들일까, 하고 상처를 받겠죠. 내 뜻은 그게 아닌데, 라고 말하고 싶지만 소용없다는 것 또한 알게 될 거고요."

"그런 거예요. 마치 연령대별로 '맞춤 상처'가 기다리고 있는 것 같아. 맞춤옷도 아닌데 말이야. 굳이 그럴 필요까진 없는데. 누구나 인생을 처음 살 듯, 각자의 나이에서 받는 상처도 처음 겪는 거야. 그게 면역이 될 수 있을까? 난 아니라고 봐요. 그러니까 은아 씨, 자책하지 마요. 은아 씨의 잘못이 아니야. 은아 씨가 부족해서 그런 건 더더욱 아니고. 나이에 상관없이 누구나 처음 겪는 거라 낯설지만, 혼자 힘으로 해결해야하는 '퀘스트' 같은 거라고 보면 편안해질까?"

어느덧 앞에 있던 바삭바삭한 치킨이 사라지고 깨끗하게 비워진 접시만 있었어. 그녀의 어둡던 얼굴에 생기가 돌았어. 치킨이 맛있어서 그랬던 걸까, 아니면 나의 고백이 그녀에게 잘 전해진 걸까? 뭐 아무렴 어때, 내 앞에 그녀가 웃고 있다는게 중요한 거 아니겠어?

"아! 선배님, 저 상처받지 않는 사람이 떠올랐어요! 남의 기분을 전혀 신경쓰지 않는 사람이요! 자기 하고 싶은 말 다 하고, 자기 하고 싶은 대로 다 하고 사는 사람! 본인은 절대 상처받지 않을걸요?"

"하하하, 맞네요, 맞아. 본인은 절대 상처받지 않겠어요. 스스로가 타인에게 상처를 입히는 흉기라는 건 모르겠지만 말이에요. 하지만 은아 씨도 나도, 그런 사람이 되고 싶진 않잖아요?"

"당연하죠!" 그녀의 목소리가 힘차게 울렸어. 역시 치킨은 없던 힘도 생기게 하는 마법의 음식인가봐! 처음 자리에 앉을 땐 다 기어들어가는 목소리로 이야기했는데 제법 씩씩해졌으니까 말이야.

"그래요, 이제 잔 비우고 일어납시다! 그래야 다음에 또 맛있는 거 먹으러 가죠!"

잔에 마지막 남은 한 모금의 맥주를 꿀꺽, 삼켰어.

아, 맛있다 정말. 우린 서로를 보고 찡긋 웃었지. 투명한 유리잔에 그녀의 상처를 담아두고, 한결 가벼워진 밤공기를 마시며 발걸음을 떼었어.

때로는
시작하지
못하는
감정도 있어

To. "널 좋아해" 한마디를 숨겨야만 했던 너에게

영주와 민규, 몇 달 만에 만나도 전혀 어색하지 않은, 가벼운 포옹이 먼저 나오는 편한 친구였어. 근데 언젠가부터 영주와 민규 사이에 미묘한 기운이 감돌기 시작하더라? 처음엔 그 낯선 기류를 정확하게 파악하지 못했어. 당연했지, 상상할 수 없었던 거니까.

"앤, 우리 진지하게 만나보기로 했어."

"그럼 뭐, 우리가 언제는 진지하게 안 만난 적 있었어?"

"아니, 우리, 사귄다고."

"뭐?!"

하마터면 먹고 있던 아이스 라테를 민규 얼굴에 뿜을 뻔했다니까. 드라마에서처럼 말이야, 푸흡! 하면서 분무기처럼 촤-악. 깨끗하게 잘 다려 입은 민규의 하얀색 셔츠에 옅은 갈색 얼룩이 남을 뻔했지. 얘는, 그런 말은 입안이 비어 있을 때 해야지.

"우와 축하해! 뭐야, 누가 먼저 사귀자고 한 건데? 축하는 하는데 좀 놀랍다 야."

장난 섞인 나의 말에도 서로의 손을 꼭 잡고 웃고 있는 모습을 보니 기분이 좋았어. 내가 연애를 하는 것도 아닌데 말이야. 솔직히 부럽기도 하고.

친구에서 연인이 된다는 게 사실 쉽지 않은 거잖아? 헤어진 뒤에 친구마저 잃을까봐 시작조차 못 하겠다고 하고, 친구한테 어떻게 감정이 생길 수 있냐며 마음을 아예 열지 않기도 하고. 영주와 민규에게도 그런 고비가 있었을까. 오래전의 나처럼…

내가 그 친구를 처음 만난 건 어느 모임에서였어. 눈에 띄는 사람은 아니었어. 키도 얼굴도 목소리도 스타일도. 낯을 가린다고, 하지만 친해지면 놀라실 거라고, 스물여섯이고 한국 대학교 근처에서 살고 있다고. 끝인사마저도 어색하게 마친 그 아이와 그렇게 가까워질 줄은, 그땐 몰랐어.

스무 명 정도가 모인 모임에서 스물여섯 동갑은 우리 둘밖에 없더라. 다들 한참 어리거나, 한두 살 많았지. 같은 해에 같은 학년이었고, 같은 연도에 있었던 이슈를 공유했기에 그만큼 공감대 형성이 쉬웠던 거야. 다른 사람보다 서로에게 말을 많이 할 수밖에 없었고, 그러다 보니 빠르게 가까워질 수 있었지. 게다가 같은 동네에 살고 있다는 건, 함께 무언가를 하기에 최적의 조건이었어. 시원한 맥주 한 잔이 그리운 무더운 여름밤엔 누가 먼저랄 것도 없이 전화번호를 누르곤 했지.

"뭐해? 시간 있으면 밥이나 먹자!"

거절이 없었던 서로의 언어 덕분에 같이 있는 시간이 갈수록 늘어 갔지. 신나게 떠들고, 웃고, 위로받고, 위로하고. 서서히 물들어 가는 줄도 모른 채 쌓여가는 추억을 차곡차곡 기록하고 있었던 거야. 일기장에 그 아이의 이름 세 글자가 적히는 날이 많아졌고, 만나서 어디를 갔는지, 무슨 대화를 나누었는지 빼곡하게 채워지기 시작했어. 일기의 끝엔 항상 똑같은 말이 적혀 있었지.

'시간이 제발 천천히 갔으면 좋겠다. 아니 아예 멈춰버렸으면. 이 행복한 시간이 흘러가는 게 눈물나도록 아깝고 아쉽다. 두 손으로 꼭 붙잡고 놓고 싶지 않아.'

당황스러웠어, 분명 내 일기장인데 웬 낯선 여자가 있는 거

야. 그저 대화가 잘 통하는 편한 친구일 뿐이었잖아, 그런 친구를 좋아한다고? 라고 물어봤지만 일기 속의 낯선 여자는 아니라고, 오해라고, 부정하지 않는 거야.

그때 알았어, 나 그 친구를 좋아하고 있었구나. 하지만 말할 수 없었어. 두려웠거든.

친구를 잃을까봐, 좋아한다는 말이 너와 나 사이를 어색하게 만들까봐. 내 곁에 사랑으로 있을 수 없다면 우정으로라도 있어 달라고, 차라리 그 편이 낫겠다고 얼마나 마음을 다잡았는지. 우리의 관계는 나 혼자만의 위태위태함 속에 지속되었어. 그 친구에게는 나와 함께하는 시간이, 매일 반복되는 평범한 일상 중에 하루였을 테니까.

어느 여름날, 세상의 소리는 이미 잠들고 달빛이 부드럽게 떨어지는 자정이 훨씬 넘은 시각, 같이 집으로 돌아가는 길이었어. 횡단보도를 건너는데 갑자기 소리치는 거야.

"앤! 이제부터 흰 선만 밟는 거야!"

고요한 세상에서 그 아이의 우렁찬 목소리만 또렷하게 울렸어. 우리 둘만 이 세상에 존재하는 것처럼.

처음 만났을 땐 그렇게 쭈뼛쭈뼛, 기어들어가는 목소리로 인사하더니. '아, 친해지면 깜짝 놀랄 거라더니 진짜네.' 첫인상과는 확연히 달라진 모습에 웃음이 나왔어. 그런 나를 보고 왜 웃냐고 궁금해하던 표정, 아직도 생생하게 기억나. 눈썹은 한껏 치켜올리고, 눈은 동그랗게 뜨고, 입은 삐쭉— 내밀고 바라봤던 표정. 그마저도 우스워서 빵, 웃음이 터져 나왔잖아.

흰 선만 밟으라니 무슨 유치한 장난인가 싶었지만 하자는 대로 했어. 애써 밟아야 할 이유는 없었지만 밟지 않아야 할 이유도 없었으니까. 재밌잖아? 선과 선 사이의 거리가 꽤 넓어서, 거의 뛰다시피 횡단보도를 건너왔지. 먼저 도착한 그 친구가 이제 막 마지막 흰 선에서 발을 뗀 내게 말했어.

"앤, 내일은 네가 생각하지 못했던 일이 하나 해결될 거야! 기운 내! 친구!"

별거 아닌 평범한 말이었지만, 그 어떤 멋진 말보다 위로가 되었어. 지금도 답답한 일이 있으면 그날을 떠올려. 횡단보도의 흰 선만 밟으며 건너고 혼자 중얼거리지.

'내일은 생각하지 못했던 일이 하나 해결될 거야 앤.'

우리 둘은 서로 응원해주고 위로해주며 뜨거웠던 여름을 보냈지만, 딱 거기까지였어. 더도 덜도 아닌 딱 친구까지만. 누구도 명확하게 선을 긋진 않았지만, 누구 하나 용기 있게 다가가지도 못했던 거야. 하지만 후회하진 않아. 그 순간에 할 수 있는 최선을 다했다고 믿으니까. 친구마저 잃을까봐 두려움에 고백하지 못했던 내 모습도, 그때의 내가 할 수 있는 최선이었다고 생각해.

억지로 이어 보려 할수록 어긋나더라는 걸, 참 여러 번의 시련을 통해서 깨달았어. 누구 말마따나 사랑은 타이밍이라는데 연인까지 갈 인연은 아니었나봐. 사랑으로 곁에 머무를 수 없다면 우정으로라도 있어 달라고 스스로 말해놓고 막상 이렇게 되니까 어쩔 수 없더라.

한참을 울고 난 후, 무너진 마음을 다잡아준 건 바로 나 자신이었어. 바닥에 쓰러지듯이 누워 있는데 그런 생각이 드는 거야. '너와 나, 멋지게 성장해서 서로에게 좋은 모습을 보여주고, 기억될 수 있으면 좋겠다. 나도 스스로 일어설 수 있도록 할 테니 너도 그럴 수 있으면 좋겠어. 네가 응원해줬듯이 나도 너를 응원할게.'

와, 진짜 옛날이야기를 했네. 그 후로 어떻게 되었냐고? 우리의 선택대로 친구로서 서로의 안부를 묻곤 하지. 후회하지 않느냐고? 아니, 전혀. 그때는 아팠지, 너무 아파서 그 친구를 다시 볼 자신이 없기도 했었어. 하지만 이젠 괜찮아.

"가장 뜨거웠던 그해 여름, 네가 있어서 행복했어. 고마워."

라고 웃으면서 말할 수 있을 거거든. 한여름 밤의 꿈 같은, 여름밤의 달달한 공기처럼, 기분 좋은 향기 같은, 그런 여름날을 함께 해줘서 고마웠다고 고백할 수 있을 거거든.

그래서 나는 영주와 민규가 부럽고, 진심으로 행복했으면 좋겠어. 둘의 미래가 어떻게 그려지든, 행복한 방향으로 흘러갔으면 좋겠어. 나의 친구 영주, 나의 친구 민규가 서로에게 좋은 기억으로 존재하기를.

우 리 는

왜 관 계 를

시 작 하 는 방 법 만

배 웠 을 까 ?

To. '삭제하시겠습니까?'이 말이 두려운 너에게

얼마 전부터 휴대폰이 말썽이었어. 전원이 제멋대로 꺼지고, 울려야 할 전화벨이 울리지도 않았어. 결국 중요한 연락이 누락되는 일이 잦아졌고, 도저히 안 되겠다 싶어서 새로 들이기로 했지.

사고 보니 좋긴 한데 사진이며 연락처며 개인기록까지, 이

걸 언제 다 옮기나 싶은 거야. 물론 백업을 해두면 생각보다 어려운 작업은 아니지만 번거롭긴 매한가지니까. 그래도 어쩌겠어, 어차피 한 번은 해야 할 일, 이참에 정리하기로 했지.

몰랐는데 이 녀석, 나의 과거를 낱낱이 알고 있는 어마 무시한 녀석이더라? 하긴, 나와 제일 가까운 곳에서 모든 생각과 생활을 공유했으니 그럴 만도 해. 마치 분신과도 같달까? 일기를 자주 쓰지 않는 내겐 휴대폰의 기록이 일기 그 자체였어.

사실 더 놀라운 게 있었는데, 바로 전화번호부에 무려 200명에 가까운 사람들의 번호가 저장되어 있었다는 거야. 메신저에도 마찬가지였고. 분명 연락하는 사람들은 정해져 있는데, 어떻게 200명이나 저장이 되어 있는지 나도 궁금했다니까?

메신저에 '친구'라고 표시된 사람들의 사진과 이름을 쭉쭉 훑었어. 너무 오랫동안 연락을 하지 않아 "안녕? 잘 지냈니?"라고 묻기조차 어색한 사이가 되어버린 사람들이 절반 가까이 되더라고. 여행에서 만났던 사람, 회사 거래처 사람, 모임에서 알게 된 사람, 대학생 때 조별 과제를 같이 했던 사람. 과거 어느 시점에서 나와 접점이 있었던 사람들이 '친구'라는 범주에 들어가 있었어.

심지어는 누군지 기억조차 나지 않는 사람도 있더라? 어떤 이는 이름으로 설정을 해놓지 않아서 알 수 없었고, 최악은 실명과 본인 사진을 설정해 놓았지만 내가 그를 기억해내지 못하는 경우였어. '친구' 수가 많다고 상을 주는 것도 아니고, 대단하다고 치켜세워주는 것도 아닌데. '친구' 수가 적다고 욕을 먹지도 않을 거고, 왜 그렇게 못났냐고 질타를 받지도 않을 텐데. 왜 나는 이미 시들어서 말라버린 관계를 정리하지 못했던 걸까?

귀찮다는 이유도 있지만, 나중에 연락이 온다면 "누구시죠?"라고 되묻기가 미안할까봐 그랬어. 하지만 그런 일은 일어나지 않았지. 잊고 있던 사람에게 연락이 온 적은 없었거든. 만약 연락할 사이였으면 나든, 그든 진즉 했을 텐데. 우습게도

괜한 걱정을 한 거였어.

음, 솔직히 말하면 조금은 두려웠어.

관계를 정리한다는 건, 보이지 않는 어둠 속으로 걸어 들어가는 느낌과 비슷하다고 할까.

세상과 나를 이어주는 가느다란 빛줄기를 스스로 끊어버리는 것 같았어. 종종 빛의 시작점을 타인에게서 찾기도 하니까. 세상에서 고립될지도 모른다는 불안감은 타인과의 연결고리를 필사적으로 부여잡게 만들었지. 나만의 작은 공간에서 넓은 세상으로 나가는 통로를 정리한다는 게 어려운 이유였어.

궁금했어, 우리는 왜 관계를 시작하는 방법만 배웠을까?

'아이스 브레이킹' 알지? 처음 만나는 사람과 어색한 분위기를 깨기 위해 하는 거. 되게 열심히들 하잖아. 물론 나도 엄청 적극적으로 참여했고. 문득 그런 생각이 들더라. 관계 정리하는 방법을 그만큼 열정을 다해 배웠다면, 지금쯤 우린 훨씬 편할 수 있었을 텐데. 왜 그러지 못했을까.

　나는 시작도 중요하지만 깔끔한 결론을 맺는 일도 중요하다고 생각해. 그렇지 않으면 결국 내가 나를 괴롭히게 될 테니까. 이런 거지, '이렇게 많은 연락처 중에서 연락할 수 있는 사람이 몇 없다니, 나는 뭘 한 거지? 우울해.'라고 말이야. 누구도 가르쳐주지 않았다는 게 안타깝지만, 이제부터라도 스스로 알아가고 싶어. 배울 기회가 없어서 서툰 것뿐이니까. 직접 부딪히며 하나씩 터득해 가고 싶어.

　이사를 자주 다니는 사람은 물건을 꾸리는 요령이 있대. 살면서 늘어나는 짐을 이사 때마다 챙기고, 정리한다는 건 쉬운 일이 아니니까. 가르쳐주지 않아도 필요한 물건만 곁에 두는 방법을 체득한 거지. 한 집에서 5년, 10년씩 살다 보면 비워내야 할 때를 놓치고 마는 경우가 많다지? 굳이 지금 비워내야 할 필요성을 느끼지 못하니까 말이야. 어느새 집안을 가득 채우고 있는 온갖 물건들을 마주하게 되는 거야. 정리하고 버리는 일이 익숙하지 않으니까.

마찬가지야. 관계는 나무 같아. 가지치기를 해줘야 새순이 잘 돋아나듯이 관계도 주기적으로 정리를 해줘야 다가올 인연을 잘 맞이할 수 있거든. 물론 처음엔 두렵겠지. 괜찮아, 우린 배운 적이 없어서 그런 거야. 처음부터 잘하는 사람이 어디 있겠어? 다만 앞선 두려움에 정리하는 걸 포기하지 않았으면 좋겠어. 다른 누군가를 위한 게 아니라 나 자신을 위한 일이니까. 꼭 해낼 거야.

이번 주말, 내가 할 일이 정해진 것 같지? 새 휴대폰에 꼭 맞는 옷을 입혀주는 일! 200명이라는 옷은 누가봐도 어울리지 않는다고! 맞춤옷처럼 깔끔하고 잘 다려진 옷을 입혀줄 거야. 너도 너의 분신을 한번 봐봐. 걸치고 있기도 버거운 옷을 입고 있는 건 아닌지 말이야.

아 픈   건
          너 의
발 뿐 이 기 를
          바 랐 어

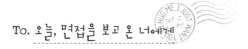

"지금 사당행 열차가 들어오고 있습니다. 승객 여러분께서
는 한 걸음 물러서 주시기 바랍니다."

봄비였어. 종일 내리던 비는 퇴근 시간에도 그칠 줄 몰랐지.
덕분에 지하철 대기줄은 각양각색 우산들의 모임 같았지. 파
란 우산, 초록 우산, 검은 우산, 분홍 우산. 다리 길이만큼 긴

장우산, 3단 우산, 2단 우산. 빗물이 어설프게 털려 물방울이 뚝, 뚝, 떨어지는 우산 속에서, 유독 눈에 띄는 우산이 있었어.

　아마 네가 봤어도 그랬을걸? 쨍한 핫핑크 우산이었거든. 그런데 우산 주인은 화려한 우산에 비해 굉장히 단정한 느낌이었어. 깔끔한 검은색 정장에 검은 구두를 신고, 부드러운 재질의 하얀색 블라우스를 입고, 이마가 드러나도록 단정하게 빗어서 묶은 머리. 귀에 착 달라붙은 적당한 크기의 귀걸이까지. 승무원 같은 느낌이었지만 단번에 알 수 있었지. 아, 회사 면접을 보고 오는 길이구나.

　지하철 안으로 한 걸음씩 떼는 그녀의 뒷모습을 바라보는데,

　'잘 봤을까'가 궁금하기보단, '고생했다'는 말이 먼저 떠올랐어.

　큰 회사든 작은 회사든 면접이라는 자리는 언제나 부담스

럽잖아? 축배는 경쟁을 뚫고 승리한 소수에게만 허락되었고, 그렇지 못한 대다수는 고배를 마셔야만 했으니까. 쓰디쓴 결과를 혼자서 감당해야 한다는 건, 내 몸집보다 훨씬 큰 돌덩어리를 마음 깊은 곳에 가져다두는 것 같았어. 돌덩어리가 완전히 사라질 때까지 계속해서 고통을 받는, 그런 느낌이었지.

혹 그녀도 그렇진 않을까, 걱정스러운 마음에 그녀 옆에 자리를 잡았어. "출입문 닫습니다." 기관사 아저씨의 고단한 목소리가 방송을 통해 흘러나오자, 그녀는 어디론가 전화를 걸었어. 어렴풋하게 '엄마'라는 말이 들렸어. 엄마랑 통화하고 있었구나. 전화기 너머의 엄마는 딸에게 무슨 말을 해주고 있을까. 우리 딸, 고생 많았다고. 최선을 다했으니 되었다고, 그렇게 따뜻한 위로를 건네었을까.

엄마의 딸은 엄마에게 무슨 말을 했을까. 속삭이듯 몇 마디를 더 하곤 휴대폰을 얼굴에서 떼더라고. 눈시울이 약간 붉어진 것 같았어. 온전한 내 편의 괜찮다는 그 한마디에 감정이 순간 울컥했겠지. 엄마의 목소리가 그녀를 포근하게 보듬어주

었기를 바랐어. 내가 해줄 수는 없었으니까.

그녀와는 몇 개 역을 동행했어. 그동안 그녀에게서 눈을 뗄 수 없었지. 내 모습 같았거든. 검은 구두 속에 갇힌 발이 아픈지, 자꾸만 발을 이리저리 움직이더라고. 저 갑갑한 신발을 얼마나 벗어던지고 싶을까? 허벅지를 압박해오는 스타킹에서 얼마나 해방되고 싶을까? 발이 너무 아플 때는, 정말 신발 따위는 벗어버리고 맨발로 있고 싶다니까. 혹 그녀가 그렇게 아파하고 있지는 않을지 신경이 쓰였어.

아픈 건 그녀의 발 뿐이기를, 그녀의 마음은 제발 다치지 않았길 기도했지.

모르는 사람 때문에 상처받지 않았으면 좋겠어요, 하고. 어떤 방식으로든 그녀 자신에게 상처가 되는 일이 없기를 말이야. 그런데 그거 알아? 욕이나 심한 말을 들었을 때만 상처를 받는 게 아니야. 도무지 이해가 가지 않는 말을 들었을 때도 '어이없음'으로 상처를 받을 수 있거든.

몇 년 전 한참 면접 준비를 하던 때였어. 인상 깊은 1분 자기소개를 하겠다고 만족스러울 때까지 쓰고 지우고를 반복했어. 그걸 참 열심히도 외웠지. 무슨 질문이 나올지 모르는데 적어도 자기소개만큼은 완벽하게 하고 싶잖아?

막상 면접에 들어가니 "자기소개는 넘어가도록 하죠."라고 하는 회사도 있었어. 허무했지만 그러려니 했지. 하지만 어떤 회사는 면접을 본 다섯 명의 지원자 모두가 완벽하게 자기소개를 했음에도 "다들 암기를 잘하시네요. 진심이 안 느껴져서 아쉽습니다."라고 조롱하듯 얘기하는 거야. 지원자들의 표정을 볼 순 없었지만, 아마 내 심정과 크게 다르지 않았을 거라고 생각해. '대체 어느 장단에 맞추라는 거야?'라고.

더듬더듬 말해야 했나? 꽤 오랜 시간이 지났는데도 아직도 잊히지 않아. 폭언은 아니었지만 다른 방법으로 내게 상처를 준 거지. 나중에 내정자가 있었더라는 소문이 돌았어. 듣지 않았다면 더 나았을 소문이었지.

그녀는 이런 어이없는 일을 겪지 않았길 바랐어. 한 명의 사람으로서 미래의 잠재고객이라는 걸, 면접관들이 부디 잊지 않았으면 좋겠다는 희망사항이랄까.

그녀가 내리고 난 뒤, 딛고 서 있던 바닥을 봤어. 고단했을 그녀의 하루가 검게 변해 고스란히 묻어 있었어. 우산에 긁히고 누군가의 발걸음에 치인 그녀의 흔적을 나는 기억하고 싶었어. 엄마가 아닌 또 다른 누군가도 당신의 이야기를 들을 준비가 되어 있다고, 고된 하루를 보냈을 당신에게 한마디 해주고 싶다고 말이야.

"당신, 오늘 하루 고생 많았어요. 정말 고생 많았어요."

지금쯤이면 그녀와 그녀의 핫핑크 우산은 집에 잘 도착했겠지? 그녀의 발을 아프게 했던 답답한 구두와 스타킹 따위는 벗어던지고, 따뜻한 엄마의 품에서 편안히 쉬었으면, 봄비가 훑고 간 오늘이 지나고 내일의 상쾌한 공기가 그녀를 따뜻하게 감싸주었으면 좋겠어.

너	의		안	녕	할
연	애	를		위	해

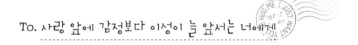

To. 사랑 앞에 감정보다 이성이 늘 앞서는 너에게

지선이의 이별 소식이 들려온 건 채팅방에서였어. 20대가 30대가 되는 동안 겪었던 수많은 이별과 만남이 차곡차곡 쌓여 있는, 때로는 함께 울어주고, 때로는 함께 축하해주었던 우리의 공간 말이야.

첫 회사에서 시작한 지선이의 연애는 그 뒤로 두 번의 회사를 옮길 때까지 이어졌는데, 결국 세 번째 회사에 들어감과 동시에 헤어졌다고 했어. 얼마 전부터 남자친구 이야기 대신 매일 야근의 연속이라는 말을 더 많이 하기 시작했다고, 조심스럽게 짐작할 뿐이었지. 무덤덤하게 이별을 이야기하던 지선이는 마지막에 한 마디를 덧붙였어.

"20대의 연애와 30대의 연애는 여러모로 다른 점이 많아."

아무도 "뭐가?"라고 되묻지 않은 거로 봐선 다들 동의하는 눈치였어. 나도 마찬가지고. 그녀는 구체적으로 무엇이 어떻게 다른지 언급하진 않았지만, 우리는 각자 지난 연애 속의 주인공을 떠올리며 조용히 공감했던 거지.

네가 만약 서른의 문턱까지 가기 위한 여정이 많이 남았다면 대체 뭐가 다른 건지 궁금할 테고, 만약 서른의 문턱에 가까웠거나 이미 지났다면 짧게라도 고개를 끄덕이지 않았을까? 왜냐고?

음, 지금부터 너의 연애 경험을 통틀어서 들어봐주겠니?

20대의 연애에서는 '처음'이라는 이유로 서투름 투성이었는데, 30대에 접어들면서는 능숙해졌어. 만남에 대해 조금 더 여유로워지고, 조금 덜 조급해하게 되었어. 이별은 할 때마다 매번 아팠지만, 그럼에도 나 자신을 어떻게 보듬어줘야 하는지 요령이 생겼지. 조금 더 상대방을 기다릴 줄 알게 되었고, 조금 더 이해할 수 있게 되었어. 한 번 더 그 사람의 입장에서 생각할 수 있게 되었고 한 번 더 참고 말하는 방법을 배웠어.

마치 20대의 연애는 서툴기에 풋풋하고 순수한 5월의 느낌이고, 30대의 연애는 한층 여유로움을 품고 있는 10월의 느낌이랄까. 드라마나 영화에서 첫사랑의 기억은 5월의 푸름과 싱그러움 속에서 피어나곤 하잖아? 포도송이 같은 연보랏빛 꽃이 주렁주렁 매달린 등나무 아래에서 고등학생의 모습으로 설렘이 피어나기도 하고, 때로는 어느 집 담장을 타고 넘어오는 라일락의 짙은 향기에 취해 사랑이 싹트기도 하지. 손가락을 부드럽게 감싸주는 밝은 햇살 아래에서 누군가는 이미 떨림을 품었던 거야.

하지만 5월의 달콤한 향기는 순식간에 사라져버리고, 곧 피할 수 없는 장맛비가 내리는 날, 드라마 속의 두 주인공은 이별을 하지. 자신의 감정을 표현하고 상대방의 감정을 이해하는 데에 서툴렀던 고등학생, 또는 20대 초반의 뜨거웠던 연애는 생각보다 사소한 일로 종지부를 찍곤 하는 거야.

작은 일로 오해하고, 의도치 않은 상처를 주고받은 채로 말이야. 역시 사랑은 쉬운 게 아니야, 라고 지레 겁을 먹으면서. 이상하다, 분명 세상을 다 가진 것처럼 행복한 날들이었는데, 어느 순간 무섭게 내리꽂는 굵은 장맛비에 행복했던 기억들마저 씻겨 내려가는 것 같은 기분이 들곤 하니까. 사소한 일로 다툰 게 이별의 시발점이 되었다는 걸, 헤어진 후에야 깨닫는 거지.

화가 난다고 거침없이 쏟아내었던 나의 감정의 파편들이 문득 떠올랐다 사라지곤 해. 소낙비처럼 매섭게 쏟아부었는데… 피할 겨를도 없이 말이야. 아주 약한 비닐우산 하나를 손에 쥔 채로 화살 같은 빗줄기를 이겨내야만 했던 그때의 그에

게 미안했어. 얇은 비닐우산은 있으나 마나 한 우산이었을 텐데, 참 용케도 묵묵히 맞고 있었구나, 옷이 흠뻑 젖는 줄도 모르고.

우리 둘 다 서툴렀던 거야. 이별인 줄도 모르고 이별을 했지. 만남과 헤어짐을 몇 번이나 반복했을까? 길고 긴 장마가 지나가고, 뜨거운 한여름을 나면서 자연스럽게 몸에 익히는 거야. 이해와 배려라는 감정을. 선선한 가을바람이 불기 시작할 때 즈음에 이전보다 성숙해진 내가 있었어.

어설펐던 스물 초반의 연애는 중반을 거쳐 후반으로 가면서 점점 어른스러운 연애를 하게 되더라고. 서른을 맞아 보니 더욱 그렇고.

하지만 때론 걱정이 되기도 해. 혹 사랑이라는 감정에 나 자신이 무뎌진 건 아닌지, 미칠 듯이 뜨겁게 사랑했던 스무 살의 열정을 잃어버린 건 아닌지 하고.

7월, 8월의 한여름을 거쳐 오며 사랑할 수 있는 능력이 사라져버렸으면 어쩌나, 연애 세포가 퇴화해버렸으면 어떻게 하나. 사랑이라는 감정만을 향해 돌진했던 5월과 달리, 10월의 풍요로움 속에서 사랑 이외의 중요한 게 눈에 들어오며 혼란스럽기도 했지. 나는 연애보다 일이 더욱 중요한 걸까, 그렇다면 누군가를 만나는 건 그에게도 미안한 일이 되는 걸까. 우린 정말 사랑하긴 하는 걸까, 오랜 시간을 만났다는 이유만으로 의미 없는 만남을 지속하고 있는 건 아닐까. 마치 인공호흡기에 호흡을 의존하듯이 '함께 한 시간'이라는 연애 연장 기계에 우리의 사랑을 의존하고 있는 건 아닐까.

결국 지선이가 말한 '여러모로'에는 저런 고민이 담겨 있지 않을까? 30대에는 20대의 연애보다 신경써야 할 것들이 많으니까. 일과 사랑의 균형, 그리고 결혼이라는 제도에 대해서도 말이야. 이 편지를 읽으며 생각이 많아지는 친구들도 있을까? 바라건대 부디 지레 겁먹고 회피하진 않았으면 해. 너의 안녕할 연애를 위해서 말이야.

힘 들 다 는
말 한 마 디 를
꺼 내 기 가   그 렇 게
어 렵 더 라

아직 누구에게도 말하지 못한 속마음을 편지에 담아 보려 해. 누구나 거리낌 없이 쓰는 말이 다소 불편한 나의 이야기를 말이야.

'잘할 거야.'라는 말의 무게에 대해 생각해 본 적 있니? 고민을 털어놓을 때면 "무슨 걱정이야, 지금까지도 잘해 왔는

데! 앞으로도 잘할 거야!"라는 말을 자주 듣곤 했지. 응원의
말은 내게 용기의 씨앗을 건네주었지만, 모두 건강하게 싹을
틔우는 건 아니었어. 쑥쑥 자라나는 튼실한 씨앗일 때도 있었
지만 얕게 덮여 있는 흙조차 뚫고 올라올 힘이 없는 나약한 씨
앗일 때도 있었으니까.

'성실'하고 '부지런'하고 '끈기' 있는 사람. 타인이 보는 앤
셜리의 모습이었어. 아닌데? 나는 생각보다 게으르고 오늘 할
일을 미루는 걸 좋아하는 사람인데. 사람들은 고맙게도 나의
좋은 면만을 봐주었던 거야. 약간의 죄책감 비슷한 감정도 들
었어. 진솔하지 못한 모습만 보였던 건 아닐까 싶어서. 하지만
이런 내 모습을 털어놓을 수는 없었지. 마치 민낯을 드러내는
것 같았거든. 부끄러웠던 거야.

우습지? 애써 만든 평판이 불편하다고 힘들게 벗어나려 한
다는 게. 그래서 하지 못했어. 차라리 깊이 신경쓰지 말자. 불
편함을 느끼는 잠깐의 순간을 모르는 척 넘어가면 나의 좋은
이미지는 그대로 유지될 테니까. 나쁜 말도 아닌데 문제될 거

없잖아? 바보 같았어. 그 속에 숨어 있는 내 마음은 돌보려 하지 않았으니.

우연히 참석한 독서 모임에서 민영이를 알게 되었지. 활발한 성격에 재치 있는 입담으로 분위기 메이커로 통하더라고. 그녀의 오랜 친구가 말하길 학교 다닐 때 공부도 제법 잘하고, 쾌활한 성격 덕분인지 반장을 도맡아서 했다고 했어. 누구라도 밝은 에너지가 가득한 그녀와 친해지고 싶었을 거야. 나도 그랬고.

그녀는 가끔 상상 속의 세계로 나를 초대해주었고, 기쁜 마음으로 초대에 응하면서 가까워질 수 있었어. 때로는 시답잖은 이야기로, 때로는 인생의 목표에 대한 이야기로, 그리고 아주 드물게 솔직한 고민을 하면서.

"앤, 나는 어릴 때부터 솔직한 감정을 표현하지 못했어. 힘들어도 힘들다고 할 수 없었고, 지쳤어도 쉬고 싶다고 말할 수 없었어. 대신 괜찮아요, 잘할 수 있어요, 좋아요. 이 세 가지 말을 입버릇처럼 했지. 언제나 '뭐든지 잘하는' 딸이자 친구이자 제자였거든. 사람들을 실망시킬 순 없다고 항상 생각했어. 내가 스스로 만들어낸 건지, 다른 사람이 만들어서 내게 묶어준 건지는 모르겠지만. 결국 그 틀에 나를 끼워 맞춰 나가고 있었던 거야. 근데 있지, 이젠 힘이 드네."

힘들다는 말 한마디를 꺼내기 위해 얼마나 많이 고민해왔을까. 그녀의 입에서 거짓 없는 말이 나오기까지 얼마나 오랜 시간이 걸렸을까.

"처음이야, 다른 사람한테 힘들다고 말하는 건. 한 번도 입 밖에 내지 않았던 말이야."

민영이를 닮은 햇살이 투명한 창문으로 들어오고 있었어. 내 마음속까지 닿은 햇살. 조곤조곤 건네는 이야기는 '김민영'의 고백이기도 했지만, '앤 셜리'의 고백이기도 했지. 나도 내색하진 않았지만 마릴라 아주머니와 매튜 아저씨에게 의젓한 모습만을 보이고 싶었거든. 그게 키워주신 은혜에 대한 보답이라고 생각했어. 괜한 투정으로 두 분을 힘들게 하고 싶지는 않았던 거야.

다행히 기대치에 동떨어지지 않게 성장을 했고, 흡족해하시는 모습을 보며 뿌듯했어. 언제나 나를 믿어주시는 무한한 사랑에 감사했지만 그럴수록 더욱, 슬픔이나 우울함 같은 부정적인 감정은 스스로 철저하게 검열해야만 했어. 밝고 활기찬 모습만 보여드리고 싶었으니까. 앤 셜리의 고백이 김민영에게로 전해졌지. 마음이 마음으로 옮겨가서 어루만져주었고 그녀의 끝나지 않은 이야기가 공간을 채워 나갔어.

"어릴 때부터 들어왔던 '넌 잘할 거야.'라는 말이 어느 순간부터 압박이 되어 돌아왔어. 응원이 아니라 꼭 잘 해내야만 한다는 의무에 가깝게 느껴졌거든. 그래서 나는 저렇게 말하기가 조심스러워. 혹 나와 같은 고민을 하고 있을까봐, 남들이 말하는 기준에 자신을 맞추면서 살아오며 상처를 받았을까봐."

어쩜, 우린 놀랍도록 비슷했어. 각자의 어깨에 지워진 짐을 조용히, 묵묵하게 지고 걸어갔으니까. 힘들다는 그 한마디를 꺼내지 못한 채로 말이야.

"고마워, 민영아. 네 덕분에 나의 솔직한 마음을 드디어 털어놓을 수 있게 되었어. 그동안 속으로만 힘들다고 이야기했을 뿐, 한 번도 누군가에게 드러낸 적은 없었는데. 네 용기 덕분에 외면하지 않고 따뜻하게 감싸주는 걸 배웠어."

가끔은 너도 힘들다고 소리쳐 보는 건 어때? 아마 해 보면 알게 될 거야. 너의 감정을 솔직하게 드러내는 게, 깊숙이 감추는 것보다 훨씬 많은 용기를 필요로 한다는 걸. 하지만 힘겹게 말하고 나면 알게 되겠지. 감추려고만 했을 때 느끼지 못했던 벅찬 감정을. 네가 소리칠 때 네 곁에서 먼저 손을 내밀어주는 사람이 있을 거야. 그 존재를 믿고 우리, 조금만 더 자신에게 솔직해져 볼까?

이	별		앞	에	서
나	만		이	렇	게
아	픈		거	야	?

To. 이별이 두려운 너에게

　"안녕. 잘 지내." 짧은 한마디 말을 남기고 깔끔하게 돌아서는 남녀의 이별을 바라보며 놀라움을 금치 못했어. 한때 자신보다 더 사랑했던 사람과 그토록 매몰차게 갈라설 수 있는 걸까. 물론 영화 속의 장면이긴 했지만, 나의 이별에선 상상도 해 보지 못한 장면이었기에 꽤 큰 충격이었지.

"좋아해."라는 말보다 "우리 그만 헤어지자."는 말을 꺼내는 게 더 힘들더라. 시작할 때는 상대방을 향한 설렘과 두근거림으로 가득차서 다른 감정은 비집고 들어올 틈이 없었어. 오로지 그 사람을 향해 앞만 보고 달리면 되었으니. 사랑이 이루어질지, 짝사랑에서 끝날지는 나중 문제였어. 내가 어찌할 수 있는 게 아니었으니까.

그런데 헤어질 땐 둘이서 걸어온 길을 되돌아보며 지워버려야 하는 것, 남겨두고 싶은 것을 구분하는 게 그렇게 고통스러울 수가 없더라. 할 수만 있다면 깔끔하게 기억을 지우고 싶었지만 뜻대로 되지 않더라. 지워야 한다는 압박감은 역효과를 불러오곤 했으니까. 결국 찾은 타협점이 '기억할 건 기억하고 지울 건 지우자'였는데, 사실 어느 한쪽도 쉬운 일은 아니었지.

"안녕." 내뱉는 것도, 듣는 것도 무서워서 잡고 있던 그의 손을 쉽사리 놓지 못했던 이별이었어. 평소에는 쉽게 건네던 말이, 그와 내가 동의하는 마지막이라는 순간 앞에선 왜 그렇게 나오지 않던지. 손을 놓는 순간, 이제는 각자의 길을 걷기로 함에 암묵적인 동의를 하는 거였으니까.

이상하다. 영화에서 보면 다들 아무렇지 않게 헤어지던데, 왜 나의 헤어짐은 이토록 무섭고 두려운 걸까. 왜 그들처럼 깔끔하게 끝맺지 못하고 눈물을 보일 수밖에 없는 걸까.

비가 내려 질척거리는 흙바닥에 신발이 더러워지듯 말끔한 화장을 눈물로 더럽힐 수밖에 없는 걸까. 어떻게 헤어져야 하나, 잡고 있던 손을 어떻게 놓고 발걸음을 옮겨야 하는 걸까.

난잡한 고민 사이에서 정신을 차려 보니, 결국엔 어찌어찌 해내고 그 사람의 도시를 떠나 나의 도시로 향하는 기차에 앉아 있더라. 함께한 시간이 이별하는 시간과 정비례한다면, 절대 짧지 않을 시간일 텐데 생각보다 빨리 끝난 이별에 기분이 이상했어. 허무함마저 들 정도로. 덜컹덜컹, 움직임에 맞춘 몸의 흔들림이 눈물샘마저 뒤흔드는 것 같았어.

'안 돼, 여기서 네가 나오면 안 돼. 사람들이 쳐다볼 거야. 나는 그 시선을 견딜 수 없어.' 당장에라도 또르르 떨어지려는 눈물을 막겠다고 애꿎은 아랫입술만 깨물었지. 어디서부터 어떻게 잘못된 건지, 한쪽이 더 양보했다면 달라졌을지. '만약'이라는 오지 않을 가정에 기댄 채로 멍하니 창문만 바라보는 내가 있었어.

사실 이별을 예상하지 못했던 건 아니었어. 오래가지 못할 인연임을 어렴풋이 느끼고 있었지만, 안녕이란 말에 잘 대비한다고 생각했지만, 그래서 헤어짐 앞에서 덜 아플 수 있다고 자신했지만. 보란듯이 틀린 착각이었지.

한동안은 손잡고 같이 걷던 길을 걸을 수 없겠네, 노란 은행나무 잎이 참 고즈넉한 길이었는데. 같이 갔던 예쁜 카페를 갈 수 없겠네, 사장님이 직접 내린다는 자부심 가득하던 커피가 참 맛있었는데. 우습게도 현실적인 생각이 찾아왔다가, '이런 사람을 또 만날 수 있을까'라는 막연한 걱정도 찾아왔다가. 기차에서 보낸 한 시간이 짧게 느껴질 정도로 많은 생각을 했지. 물론 그럴 때마다 부수적으로 따라오던 눈물을 집어넣느라 신경을 곤두세워야 했지만.

왜 나는 헤어짐 앞에 무너질 수밖에 없는 걸까. 언제쯤 영화 속 주인공처럼 깔끔하게 이별을 해낼 수 있는 걸까. 답할 수 없는 어려운 질문들이 하나둘씩 늘어갔지. 답을 찾았냐고? 아니, 그럴 리가.

다만 이별 앞에 질척거릴 수밖에 없다고, 가끔은 헤어짐을 온전히 받아들이지 못해 흔들리고, 휴대폰을 만지작거리며 연락을 기다리는 내 모습이 낯설지가 않다고, 그게 사랑이고 그게 헤어짐이라고. 그걸 하나씩 직접 겪으면서 배워 나가고 있다고. 좋은 사람을 만날 수 있을지 확답할 순 없지만, 확실한 건 내가 더욱 열정적으로 사랑할 수 있는 사람을 찾아 나설 수 있을 거라는 것.

헤어짐이라는 아픈 일 앞에서, 사랑을 더욱 꿈꾸는 아이러니가 문득 궁금해지는 밤이야.

가끔은
"열심히" 보다
"적당히" 가
필요하기도 해

To. '대충대충'보다 '꼼꼼히'와 더욱 친한 너에게

어른이 되어 가면서 혼란스러웠던 건, 교과서에서 배운 내용과 상반되는 일을 마주할 때였어. 우린 '성실하게'나 '열심히' 같은 수식어가 중요하다고 교육받았지만, 때로는 '적당히'와 '대충대충'이라는 수식어의 필요성을 절실하게 느끼곤 했으니까.

68

나는 한때 '적당히'와 '대충대충'을 모르던 학생이었어. 특히 수업 중 발표과제를 할 때면 매번 최선을 다했었지. 누구도 강요하지 않았지만, 잘하고 싶은 욕심이 앞섰다고 할까? 할 수 있는 한, 더 깊고 넓게 자료조사를 했고 다양한 사례를 찾아나서기도 했어. 몰랐던 사실을 알게 되면서 재미를 느꼈고 결국 더 많은 시간을 할애했어. 완벽한 발표 자료를 만들고 싶었으니까.

'적당히 만들자'는 있을 수 없는 일이었어.

집에 와서도 어떻게 하면 더 보기 좋게, 깔끔하게 만들 수 있을까를 고민하며 잠든 날도 있었어. 왜 TV에서 보면 그런 장면 있잖아, 도자기 장인들이 자신이 빚은 도자기가 성에 안 차면 가차없이 바닥에 던져 깨트려버리는 장면. 아깝게 왜 저러나, 싶었는데 어느 순간 나도 그렇게 하고 있더라? 기껏 만든 자료가 만족스럽지 못하다는 이유로 처음부터 다시 하곤 했어. 정해진 날짜까진 완성해야 하니 밤늦은 시간까지 붙잡고 있는 일도 있었어.

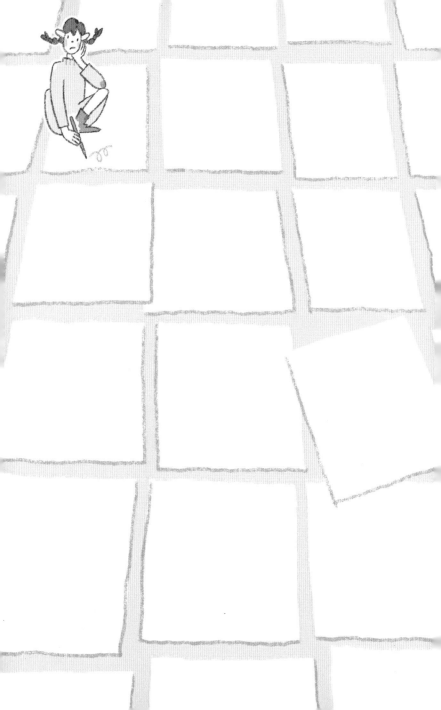

내 욕심에 스스로 지쳐가고 있다는 걸 알지 못했지.

문제는 능력치를 최대로 끌어올리려는 과정에서 엄청난 스트레스를 받았다는 거야. 뜻대로 되지 않으면 고민하고, 거기서 오는 스트레스를 받고, 악순환이었달까. 내가 어쩌지 못하는 것들을 놓는 법을 배웠어야 했는데 그땐 미처 알지 못했어.

내가 만족해야 한다는 것, 그건 어쩌면 강박관념이었을지도 몰라.

대학교 1, 2학년 때까지도 나를 괴롭혔으니. 하지만 다행이었을까? 나의 능력에 한계를 느끼기 시작했던 게. 완벽함에 대한 욕심은 여러 개의 과제를 수행해야 하는 상황에선 독약이었지. 하나의 과제에 배분된 시간이 중학생의 그것보다 훨씬 짧아졌으니까.

처음엔 반 포기 상태였어. 이것밖에 해낼 수 없다는 현실에 속상하기도 했지. 불만족을 넘어서 어떨 때는 허접하다고 느낄 정도의 수준이었거든. 무엇보다 나보다 잘하는 친구들이 많이 있었고, 알게 모르게 비교를 하면서 스트레스를 받기 시작한 거야. 물론 성적과 직결될 수 있으니 예민한 문제이긴 하지만, 굳이 비교할 필요까진 없었는데 말이야. 안 되는 걸 억지로 붙잡고 있는 것보다 잘하는 것에 집중하는 게 정신건강에 좋다는 걸 여러 번의 시행착오를 겪은 후에야 배울 수 있었어. 우습게도 그때가 되어서야 그동안 나를 괴롭히던 욕심과 집착에서 벗어날 수 있었던 거야.

다행이었어, 괜한 고집을 더는 부리지 않게 되었으니까. 잘해야만 한다는 생각을 놓고 나니 변화가 생겼어. 과제를 하는 것보다 내가 더 좋아하는 분야에 시간을 쏟을 수 있었어.

어느 정도는 '대충대충'에 합의를 하면서부터 마음이 한결 가벼워지기 시작했어. 무엇 때문에 그동안 완벽함에 대한 욕심을 버리지 못하고 있었던 건지 의아할 정도였다니까?

물론 세심하고 꼼꼼하게 해야 할 작업도 있어. 모든 일을 대충대충 하라는 뜻은 아니야. 다만 매사에 최선을 다하다 보면, 자신을 힘들게 할 수 있다는 걸, 한 번쯤은 생각해주면 좋겠어. '대충대충'이, '적당히'라는 수식어가 필요한 경우가 의외로 많이 있을 테니까. 스스로에게 엄격한 잣대를 들이밀면서 버거워하지 않았으면 해.

"고마워",
"미안해"라는
말에
인색해지지
않기를

업무 전화를 끊을 때면 상대방에게 항상 했던 말, "고맙습니다." 기계적으로 튀어나오는 이 말을 과연 내 주변 사람들에게 얼마나 자주 해주고 있었을까, 문득 그런 생각이 들더라. 안면도 없고 사적인 대화 한마디 나눠 보지 않은, 전화선 하나만으로 연결된 사람에게는 습관처럼 하는 말을, 항상 힘이 되어주는 내 곁의 사람에게는 왜 하지 못했던 걸까.

"낯간지럽게 어떻게 말로 해. 말하지 않아도 다 알고 있을 거야."

나도 그렇게 생각했어. 가족이니까, 항상 옆에서 얼굴을 보고 살고 있으니까, 어느 광고 캐치프레이즈처럼 말하지 않아도 다 알고 있을 줄 알았어.

독립을 앞두고 마릴라 아주머니의 곁을 떠나기 몇 주 전쯤이었나, 차 한잔하면서 쭈뼛쭈뼛 말을 꺼냈어.

"아주머니, 저를 이렇게 잘 키워주셔서 감사해요. 그동안 말씀 못 드려서 죄송해요."

속으론 항상 감사함을 품고 있었지만, 말로 직접 전하려니 선뜻 나오지 않더라. 감사합니다, 이 말 한마디가 왜 그렇게 어려운 말이 된 건지.

어색하게 건넨 말에 아주머니는 환하게 웃으시면서 말씀하셨지.

"나도 고맙다 앤. 내 옆에서 눈을 마주치며 이야기를 나누고, 차를 마셔줘서 말이다."

그 말을 듣는데 이상하게 코끝이 찡해지는 거야. 아주머니와 아저씨를 처음 만났던 날부터 함께 보낸 하루하루가 빠르게 지나갔어. 울고 웃고 떠들었던 날들. 두 분의 넘치는 사랑으로 밝게 잘 자랐다는 게 한없이 감사하고 또 감사했지.

"언제 그렇게 눈가에 주름이 많이 생기셨어요, 속상하게." 오랜만에 자세히 본 아주머니의 눈가엔 세월의 흔적이 고스란히 묻어 있었지. 처음보다 많아진 주름을 보며, 혹 내가 아주머니를 힘들게 했던 건 아니었을까 죄송스러웠어. "아니다. 앤, 나는 네 덕분에 눈이 부시도록 아름다운 하루하루를 보냈단다. 사랑한다, 앤.

언제나 처음이 어려운 법이지. 그날 이후로 아주머니께 감

사하다고, 사랑한다는 말을 자주 했지.

감정은 표현할수록 깊이가 깊어지고, 그윽한 향기를 풍겨. 사람을 기분 좋게 만드는 향기 말이야.

이번에는 고맙다는 말보다 꺼내기 껄끄러운 말을 해 볼까? "미안해"라는 말.

회사에서 업무 중에 자주 등장하는 말이지만, (실수할 때면 죄송하다고 말하곤 했으니까) 여기에 꼭 쓸데없는 자존심이 붙게 되면 문제가 달라졌어. 친구나 연인과 싸웠을 때, 누구든 먼저 미안하다고 사과하면 금방 해결될 일인데, 알량한 자존심에 그러지 못해 일을 키웠던 경험들, 낯설지 않겠지?

웃긴 게 뭔지 아니? 남자친구와 심하게 다투고 씩씩거리며 집으로 갔던 날. 잠을 못 이룰 만큼 감정이 격해졌던 밤, 오지 않는 잠을 청했던 밤이 어찌나 길던지. 어렵사리 감겼던 눈이 창문에 비친 햇살에 떠지고 반복되는 하루에 물들다 보면, 어느 순간엔 싸웠던 이유가 기억조차 나지 않더라? 분노를 삭이지 못했던 감정은 남아 있는데 대체 왜, 무엇 때문에 싸웠는지는 기억 속에서 사라져버린 거야.

바보같이 미안하다고 먼저 말하면 지는 건 줄 알았어. 그래서 미안하다는 말에 더 인색했을지도 몰라. 근데, 내가 틀렸더라? 사과하지 않아서 틀어진 관계 때문에 소비하는 감정 에너지가 엄청나더라고. 종일 아무 일도 손에 안 잡힐 때도 있었으니까. 내가 먼저 사과했으면 개운한 기분으로 편안하게 잠자리에 들 수 있었을 텐데. 뭐한다고 오기를 부렸담. 끝내는 '아, 괜히 감정 소모만 했다. 그냥 미안하다고 할 걸.' 후회했으면서 말이야.

부끄럽고 쑥스럽고, 자존심이 허락하지 않는다는 이유로 주저했던 말 "고마워", "미안해."

이젠, 용기를 낼 거야.

"고마워", "미안해", 라는 말에 인색하지 않은 앤 셜리가 될 거야.

나는 너에게
무더지지 않길
바랐어

왜 저들의 연애는 저리도 낯간지러운 것인가. 남녀 주인공 사이에서 쏟아지는 애정표현과 손발이 오그라드는 대사에 "아, 유치해서 볼 수가 없네. 근데 설레긴 왜 이렇게 설레는 거야. 줏대 없이." 스스로 생각해도 어이가 없어 웃음이 나왔지.

결국 저들의 유치한 연애는 내가 했던 그것과 별반 다르지 않았고, 내 친구가 했던 연애와 큰 차이가 없다는 걸 깨달았거든. 완벽하게 똑같진 않았지만 여러 연애에서 보였던 모습이 골고루 담겨 있었으니까. 다만 대부분 해피엔딩으로 끝나는 드라마와 달리 현실에서는 해피엔딩일 수도, 그렇지 않을 수도 있다는 게 다를 뿐이었어. 어쩌면 뻔한 스토리와 뻔한 전개가 식상하다는 악평을 하면서도 TV를 끄지 않는 이유는, 주인공에게서 자신의 모습을 보기 때문이 아닐까?

온종일 휴대폰만 바라보는 날들이었지. '딩-동' 알람이 언제 울리나, 이미 한참 전에 울렸는데 혹시 내가 듣지 못하고 넘겼던 건 아니었을까 싶어, 잠금을 풀고 확인했다가 실망하며 다시 내려놓았다가. 하루 동안 휴대폰을 얼마나 붙잡고 있었는지 몰라.

막상 그 사람에게 연락이 오면 뭐라고 보내야 할까, 괜히 허튼소리로 분위기를 망치진 않을까, 이번 주말에 시간 괜찮은지 물어봐도 될까, 바쁘다고 하면 어떻게 하지? 답장을 빨리하는 것도 안 좋대, 그럼 3분 정도 있다가 보내야지.

별 시답지 않은 고민까지 다 끌어모아 머릿속을 가득 채웠지. 평소에는 빠르게 움직이던 손가락을 느리게 만드는 일. 그러나 심장만큼은 평소보다 빠르게 뛰어서 긴장되게 만드는 일. '누구나의 연애'에서 시작은 설렘으로 가득차 있지. 그 사람에 대한 사소한 것까지도 궁금했던 나날들. 나에 대해 궁금하기를 바랐던 나날들. 그렇게 두 사람은 서로에 대해서 하나하나씩 알아가며 감정을 키워 나갔어.

내 옆에서 발맞추어 걸어주는 사람이 있다는 게, 침대에 누워 전화기 너머로 일과를 공유할 수 있다는 게 평범한 일상을 눈부신 날들로 만들어주었어. 드라마 속 주인공들의 사랑도 마찬가지였어. 외모나 직업 등의 환경은 당연히 달랐지만 두 사람의 마음을 키워 나가는 과정은 같았던 거야. 서로에 대한 관심. 휴대폰에서 휴대폰으로 전해진 짧은 문장 하나에도 기분이 좋아져서 얼굴엔 함박웃음이 피어났던 하루하루의 행복들.

하지만 이때부터 드라마의 연애와 현실의 연애가 다른 점

이 나타나기 시작하지. 현실의 연애에서는 시간이라는 변수가 가장 크게 작용하거든.

하루가 한 달이 되고, 한 달이 열두 달이 되었을 때 즈음부터 연인 사이에 흐르던 설렘을 동반한 낯선 기류는 사라져 가니까. 그 빈자리엔 편안함과 익숙함이 서서히 채워지지.

해피엔딩으로 끝나는 드라마에선 한참 후에 찾아오는 감정의 변화를 알 수 없었기에, 연애의 결말은 행복한 줄 알았어. 하지만 연애의 종착지가 항상 해피엔딩은 아니라는 걸, 생각보다 다양한 방법으로 끝을 맺는다는 걸, 우리는 각자의 헤어짐 앞에 마주해서야 깨닫곤 하는 거지. 신기하게도 사랑의 시작과 끝에서는 세상 대부분의 사람이 비슷한 양상을 보인다는 것도.

'나는 너에게 무뎌지지 않기를 바랐어······'

희주가 받았던 편지에 적혀 있던 마지막 말이었어. 나는 너에게 무뎌지지 않기를 바랐어. 그녀와 그녀의 남자친구는 제법 특별한 시작이었다지. 물론 특별하지 않은 사랑이 어디 있을까마는, 시작점이 아주 낯선 곳이었거든. 유럽, 폴란드의 한 도시에서였지.

　지금은 관광객이 많아졌지만 희주가 여행을 했던 몇 년 전까지만 해도 폴란드로 가는 사람은 많지 않았고, 둘의 만남은 서로에게 깊은 인연으로 느껴질 수밖에 없었을 거야. 한국인이 드문 곳에서 또래의, 관심사가 비슷한 이성의 한국인을 만났다는 둘만의 운명 같은 것이랄까?

동행하면서 서로에 대해 알아가고, 한국에 돌아와 진지한 만남을 이어 나갔어. 여느 연인들의 시작처럼 설렘 가득한 하루하루는 그들에게 주어진 선물과도 같았지. 하지만 봄·여름·가을·겨울의 사계절을 세 번 반복하면서 떨림 대신 무료함이 짓눌러왔을 때, 둘은 정리하자는 말로 끝을 맺었다지. 우리의 사랑은 이전과는 다를 거라고, 우리는 운명으로 맺어진 인연이라고, 자신 있었지만 결국 변하는 마음 앞에서는 어쩔 도리가 없었다고 해.

'누구나의 연애'는 행복한 모습만 있었는데, 왜 나의 연애는 행복한 결말이 아닌지 원망도 해 보았지만, 오래지 않아 알게 되었대.

"지금 생각해 보면 굳이 심장이 터질 것 같은 설렘만 사랑이라는 생각이 들진 않아. 편안함과 익숙함도 어떻게 느끼느냐에 따라 사랑일 텐데 말이야. 아마 그 친구도 나도, 그땐 그걸 몰랐던 거지. 후회하진 않아. 서로를 사랑하는 시간 동안에는 미련 없이 최선을 다해서 사랑했으니까."

사랑은 언제나 설렘으로만 가득차 있지 않고, 또 언제나 익숙함만 느껴지는 것도 아니야. 익숙함 속에 숨어 있는 설렘 덕분에 우린 더욱 떨리고, 또 설렘 속에 숨어 있는 익숙함 덕분에 안정감을 느낄 수 있을 테니까. 어쩌면 설렘과 익숙함은 하나일지도 몰라. 그걸 보는 사람에 따라서 달라질 뿐.

2

55분 증후군?
우리는
5분도 소중한
직장인이니까

친 구 니 까
익 숙 한 ?
아 니, 친 구 라 서
무 례 한

한 방송에서 어떤 작가가 그러더라. 이탈리아에는 겨울의 지중해를 함께 보낸 사람이어야 친구로 인정한다는 말이 있다고. 따뜻한 계절에 와서 온화한 지중해의 아름다움만을 보고 떠나가는 여행자가 아니라, 겨울 지중해의 추위, 축축함 그리고 쓸쓸함 같은 지중해의 민낯을 함께 겪어야만 진정한 친구가 된다는 거야.

93

비록 진짜 지중해의 겨울을 함께 보내진 못했지만, 그에 버금가는 민낯을 공유한 친구 두 명이 있었어. 아픈 가정사를 힘겹게 꺼내놓을 땐 자기 일처럼 위로를 해주었고, 원하는 회사에 취업했을 땐 누구보다 기뻐했고, 할아버지가 돌아가셨을 땐 조용히 안아주면서 같이 울어주었어. 우리가 보낸 시간들이 겹겹이 쌓여 결코 무너지지 않을 우정이라는 탑을 쌓고 있었지.

그렇게 10년이라는 세월을 나누었다는 건 대단한 일이었지만, 긴 시간이 만들어준 편안함이 서로를 존중하지 않아도 된다는 허락이 결코 아니었음을, 알지 못했던 거야. 굳이 고민해볼 기회가 없었다고 한다면, 그건 핑계인 걸까?

작년 여름, 우리는 성인이 되고 처음으로 해외여행을 다녀왔어. 바쁜 일정 속에서 어렵게 맞춘 날짜였지. 수요일부터 토요일까지 3박 4일의 짧은 일정이었지만, 휴가계가 반려될까봐 어찌나 조마조마했는지. 휴가가 확정될 때까지 단체 메신저로 생중계를 해댔다니까.

"내 휴가는 결재 났어!"

"나도 나도!"

"아, 제발 내 휴가계도! 부디 제발!"

다행히 세 명 모두 휴가 결재를 받았지. 얼마나 설레었겠니? 친구들끼리만 떠나는 여행이라고! 그것도 첫 해외여행!

항공권을 사고, 호텔을 예약하고, 하나씩 준비를 해 나갔지. 어디를 갈지, 무엇을 할지, 무얼 먹을지. 각자 조사할 내용을 분담했어. 어느 한 명한테 일이 몰리지 않도록 신경을 썼어. 고맙더라. 여럿이 떠나는 여행에선 꼭 누구 한 명이 피곤함을 무릅쓰고 희생해야 일이 진전이 된다는 말을 들은 적이 있거든. 우리는 서로 잘 알아서 하니 얼마나 다행이냐고, 친구들에게 고맙다고 몇 번을 이야기했는지 몰라. 그때마다 "앤, 우린 친구잖아. 앞으로도 그런 일은 없을 거야."라고 말하며 웃곤 했어.

"Ladies and Gentlemen"

홍콩에 도착했다는 기내 방송이 흘러나왔어. 여행의 시작을 알려주는 알람 같았어. 비행기에서 내리자마자 온몸을 휘감는 습습한 공기마저 기분 좋았지. 여행자로서 자유를 만끽하러 왔으니까! 딤섬이 유명한 맛집을 찾아가기도 하고, 뷰포인트에서 사진을 찍으면서 말이야. "남는 건 사진뿐이야!"를 외쳐대며 서로의 휴대폰과 카메라에 우리 셋의 모습을 끊임없이 담았지. 까르르, 우리가 머물렀던 장소가 웃음소리로 채워졌어. 3박 4일 내내 첫날처럼 행복한 일들만 가득했다면 얼마나 좋았을까. 문제는 홍콩에 도착한 셋째 날이었어. 알고 보니 친구 두 명의 여행 취향이 확고하게 달랐던 거야.

뜨거운 햇볕 아래서 땀이 등줄기를 타고 흘러내렸고, 축축하고 무거운 공기는 숨을 턱턱 막히게 했지. 그 속에서 이틀을 내리 여행하다 보니 마지막 날은 셋 다 지친 거야. 다들 예민해진 신경을 꾸-욱 누르고 있었지.

"우리 오늘은 디즈니랜드에 가보자! 일정이 안 맞아서 못 갔잖아. 엄청 아쉬웠다고~"

"미안한데 나는 좀 쉬고 싶어. 우리 휴가를 왔는데 정작 쉬지는 못했잖아. 어제도 많이 구경했으니, 오늘은 푹 쉬는 게 어때? 디즈니랜드는 다음에 와서 가보자."

미리 조율할 수 없었어. 의견 차이가 있으리라고 아무도 예상하지 못했으니까.

오랜 시간을 함께 한 만큼 서로가 서로를 잘 알고 있다고, 너의 생각과 나의 생각이 크게 다르지 않을 거라 오해했어.

무려 10년이라고, 눈빛만 봐도 서로 원하는 걸 알 수 있다는 편안함과 익숙함이란 탈을 쓰고, 배려와 존중을 야금야금 갉아먹고 있었지. 누구도 알아채지 못할 정도로 조금씩.

홍콩에서의 마지막 밤을 허무하게 보내고, 한국으로 돌아와 각자 생각할 시간을 가졌어. 우리가 잃어버린 게 뭔지, 잊고 있었던 건 뭔지 생각해 보자고 했지. 편안함이 때론 무례함이 되지 않았나, 익숙함이 때론 이기심이 되어 서로를 아프게

베지는 않았나.

선선한 바람에 옷깃을 여미던 그해 가을, 우리는 서로에게 진심을 전했어. "미안해." 이 한마디에 울컥했지 뭐야. 참 대단한 말이지.

무더웠던 여름, 우리에게 찾아온 열병은 한 번 큰 소란을 피우고 지나갔어. 열병이 남긴 상흔은 서로를 연결해주는 상징이었어.

친구라는 이름으로 무례함도 이기심도 이해받으려 하지 말자는 걸 배웠으니까.

우린 그해의 지중해 겨울을 무사히 보냈어. 코끝을 날카롭게 스치는 겨울바람마저도 우리 셋을 더욱더 끈끈하게 만들어줄 거라고 믿었지.

너에게도 지중해의 겨울을 함께 할 누군가가 있겠지? 고맙다고, 마음을 다해 안아줘. 매서운 바람 속에서 서로의 온기로 따뜻해질 수 있도록 말이야.

나는   그저
내   이름이
부 그 럽 지   않 았 으 면
좋 겠 어

사무실 안은 시끌시끌, 어수선했어. 요란스럽게 울리는 전화벨 속에서 오른쪽 턱과 어깨로 수화기를 붙잡고 있는 사람이 벌이는 치열한 싸움이랄까. 이른 새벽부터 거센 눈발이 날리기 시작하더니, 결국 항공사에서 운항을 취소하고 말았지. 그 항공기를 운송수단 삼아 수출품을 실었던 거래처에서는 난리가 났고. 누구의 잘못도 아니었지만, 정해진 날짜 안에 물

101

품을 보내는 게 우리 일이었으니까. 꽤 규모가 큰 건이다 보니 팀장님 두 분과 부장님까지 합세해서 고군분투 중이시더라고.

나는 가끔, 오늘처럼 예상치 못한 사고에 대처해야 하는 것과 많은 회의 속에서도 꿋꿋하게, 그리고 흔들리지 않고 직원들을 꾸려야 하는 '팀장'이라는 직급의 책임감에 대해 생각해.

매일 올라오는 지출 결의서를 꼼꼼히 살펴보며 검토를 하는 게 그분의 중요한 업무 중 하나였지. 직원들이 혹 틀린 내용을 적진 않았는지, 엉뚱한 내용을 체크하지는 않았는지 세세하게 살펴보셔야 했어. 팀장으로서 하는 사인은, 추후 문제 발생에 대한 책임으로부터 결코 자유로울 수 없다는 걸 동의하는 거였으니까.

꼼꼼하지만 빠르게, 즉 신속 정확은 '장'급에게 요구되는 덕목 중 하나였던 거지. 뛰어난 문제 해결 능력 또한 필수였어.

항공편 스케줄을 잘못 예약해서 문제가 생겼을 때, 사원이었던 나는 '이러이러한 문제가 생겼습니다.'라는 보고로 끝났

지만 (물론 실수에 대한 질책은 들어야 했지) 팀장님은 완벽한 수습까지가 본인의 업무였으니까. 어쩔 수 없이 거래처에 아쉬운 소리를 해야 할 때도 있었고, 나를 대신해서 욕을 들어야 했던 때도 있었지.

죄송스러움에 "죄송해요, 팀장님. 다음부턴 주의하겠습니다."라고 말을 하면 "꼼꼼히 잘 체크해서 하세요." 혹은 "사고 치고 나서 수습해 달라고 하는 것보단, 그전에 하나하나 물어보고 하는 게 훨씬 나으니까 그렇게 해요."라는 말씀으로 화를 누르고 계시는 건 아닐는지 무서웠던 게 사실이야. 다들 일하느라 정신없으니 업무 질문하는 게 눈치 보이기도 했고. 배운 대로 한다고 했지만, 의욕만큼 따라주지 않는 게 회사 업무더라. 터진 사고에 뒷수습은 팀장님의 몫이었으니 그분 입장에선 '호미로 막을 것을 가래로 막는다.'였던 거지.

게다가 소위 '진상 고객'은 기피대상 1순위였어. 전화 통화를 하다가 "거기 책임자가 누구야? 높은 사람 바꿔!"라고 윽박지르곤 했으니까. 그때마다 항상 팀장님은 전화기 옆으로 소환되어야 했지. 심장이 벌렁벌렁해서 뭐라 말해야 할지 몰라 얼굴이 시뻘게진 나와 달리, 팀장님은 침착하게 응대를 했어.

신입사원이던 시절, 내게 팀장님은 만능술사 같은 존재였어. 불가능해 보이는 것도 그분 손에 들어가면 가능해지고 원만히 해결되었으니까. 그저 대단할 따름이었지. 하지만 자신을 짓누르는 무게감에 때때로 일탈을 꿈꾸셨던 듯해.

팀장님 중 한 분은 농담처럼 말씀하셨거든. "앤, 네가 팀장해 볼래? 내가 사원 연봉 받고 사원할게." 그땐 무슨 말도 안 되는 소리인가, 팀장 연봉하고 사원 연봉하고 차이가 얼마인데 사원을 하겠다니, 싫었는데 나도 진급이란 걸 해 보니 무슨 뜻인지 이해가 가더라니까?

사람은 누구나, 자신이 그 입장에 처해 봐야 깨닫는다고 하지. 아직 '팀장'까지는 아니었지만, 신입사원의 타이틀을 벗는 순간부터 느낄 수 있었어. '대리'라는 직함이 가져온 건, 새 명

함뿐 아니라 사원의 그것과는 다른 무게의 책임감이라는 걸. 물론 차츰차츰 올라가는 연봉은 회사를 떠나지 않는 이유 중 하나였고, 높아지는 직함은 내 능력을 대변해주는 것 같아 뿌듯했지만, 그에 비례해서 늘어나는 업무 스트레스를 피할 길은 없더라고. 나의 팀장님처럼 능력 있는 팀장이 될 수 있을지도 염려스러웠고.

후배에게 잘못된 정보를 알려주면 안 된다는 생각도 내가 느낀 책임감 중에 하나였지. 틀린 정보 때문에 문제가 터졌을 때, "누가 그렇게 가르쳐줬어요?"라고 물어보는 부장님 앞에서 "○○ 과장님이요."라고 속 시원히 말을 할 수 없는 답답함을 알거든. 결심했지. 차라리 모른다고 할지언정 정확한 정보만을 알려줘야겠다, 라고.

나는 그저 '앤 셜리'라는 이름에 부끄럽지 않았으면 좋겠어.

나 스스로, 그리고 내가 팀장이 되었을 때 내가 이끌고 나가

야 할 우리 팀원들에게도 멋진 선배로 기억되었으면 해. 나의
소망이야.

55	분		증	후	군	?
우	리	는		5	분	도
소	중	한				
직	장	인	이	니	까	

To. 회사에서 퇴근 전 5분이 제일 소중한 너에게

친구들과의 대화에서 영원히 고갈되지 않는 소재는 '회사 스트레스'였어. 서로 다른 회사를 다니고 있음에도 깊은 공감을 할 수 있었던 이유는, 놀랍도록 비슷한 성격의 사람 때문이었어. 굉장히 보기 드문 경우라고 생각했는데, 착각이었지. "어머, 두 사람 서로 형제자매 아니야?" 라는 말이 왕왕 튀어나오곤 했으니까.

아마 오늘 네게 쓰는 편지 속에서 등장하는 사람이, 너희 회사에서도 존재하는 사람일지도 몰라.

"너희 55분 증후군이라고 들어 봤어? 내 상사가 앓고 계실 거라고 진지하게 의심하고 있지."

"55분 증후군이 뭐야? 처음 듣는데?"

"아, 회사에서 여유로운 다른 시간을 두고 11시 55분, 5시 55분에 업무지시를 하는 걸 두고 내가 부르는 말이지. 오전 9시부터 11시 50분까지는 한가하게 있다가 꼭 밥 먹으러 가기 5분 전인 11시 55분, 퇴근하기 5분 전인 5시 55분에 일을 시키는 거야."

"어쩜! 우리 회사에도 그런 분 계셔!"

처음엔 우연이겠지, 어쩌다 보니 55분이 된 거겠지, 싶었는데 어느 날은 한번 세어 봐야겠다는 생각이 들었어. 결과가 어땠는지 아니? 평일 5일 중 3일은 55분에 일을 주는 거야. 아, 이건 우연이 아니다! 라고 직감했어. 나는 그날부로 '55분 증후군'이라고 부르기 시작했지.

내 말이 끝나기 무섭게 또 다른 친구가 입을 열었어.

"모처럼 금요일 저녁 약속을 잡고 6시 정시퇴근을 준비하는데, 갑자기 5시 55분에 나를 부르는 거야. '세영 씨, 이 보고서 좀 요약해서 올려줄래요?' 분명 우리 둘 다 한가로이 퇴근을 기다리고 있었는데, 5시 55분에 일을 주는 건 대체 무슨 상황인 거니?"

"나도 나도, 진짜 우리 회사 상사랑 어쩜 이리 똑같을 수가! 둘이 형제 아니야?"

어때? 너희 회사에도 이 특이한 증후군을 앓고 있는 누군가가 있니? 어떨 때는 55분임을 알려주는 특별한 세포가 그분에게만 있는 건지 궁금할 때가 있다니까. '55분이에요! 어서 직원에게 일을 시키세요!'라고 알람을 울리듯 알려주는 아주 괘씸한 세포 말이야. 달갑지 않은 바로 그 녀석!

물론 한시가 급한 중요한 일이라면 이해해. 하지만 굳이 지금 하지 않아도 되는 일이 대부분이라는 거야. 말 그대로 킬링

타임용 업무지.

"난 도저히 이해가 안 가. 다른 여유로운 시간을 두고 왜 꼭 점심시간 5분 전이나 퇴근 5분 전에 업무 지시를 하는 걸까?"

"나 같으면 미리 일을 시키겠어. 서로 편하고 좋잖아?"

"제일 답답한 건, 이 문제에 대해 불만을 표출할 수 없다는 거지. 내가 승진해서 밑에 직원이 생기면, 나는 절대로 안 그럴 거야."

농담조로 이야기했지만, 이 증후군을 앓는 상사와 함께 한다는 게 보통 일은 아니지. 때에 따라서는 "점심 먹고 할게요, 내일 출근해서 검토해 볼게요."라고 말할 수 있지만 그렇지 못한 경우가 다반사일 테니.

나중에는 11시 55분, 5시 55분이 되면 상사의 눈치를 살피게 되고, 별다른 업무 지시 없이 회사를 나설 수 있다는 게 감사하기까지 했어. 흡사 '감사 일기'의 소재 같았다니까!

어때? 편지를 읽으면서 떠오른 사람이 있니? 없는 게 가장 바람직하겠지만, 만약 네 머릿속을 찾아온 사람이 있다면 간절히 바라보자. 그분이 55분 증후군에서 벗어날 수 있도록 말이야.

오늘 하루도 이 몹쓸 병 때문에 스트레스에 시달렸을 너를 위해, 내가 대신 말해줄게!

혹시 상사의 위치에 있을지도 모를 당신, 내가 설마 55분 증후군을 앓고 있을까 염려하고 계실지도 모르겠네요. 조금이라도 걱정되신다면 부디, 55분 증후군에서 빨리 해방되실 수 있도록 해주세요! 후배 직원과의 사이를 서먹하게 만드는 데 특화된 병이거든요.

우리는 5분도 소중한 회사원이니까요!

| 왼 | 손 | 잡 | 이 |
| 재 | 연 | 이 | |

To. '다르다'는 이유로 '틀렸다'는 말을 들었던 너에게

"엇! 선배 죄송해요. 불편하셨죠?"

"응? 뭐가?"

"제가 왼손으로 밥을 먹어서요. 선배하고 자꾸 부딪혔잖아요."

점심시간이었어. 평소와 다름없이 동료들과 밥을 먹고 있

었지. 다들 먹는 데 집중해서 몰랐는데, 내 오른쪽에 앉아 있던 후배가 갑자기 사과를 하는 거야. 그러고 보니 그 후배, 왼손으로 젓가락질을 하고 있더라고.

"아, 왼손잡이였어?"

"네, 뭐 정확히는 양손잡이죠. 밥은 왼손으로 먹고 글씨는 오른손으로 쓰거든요."

"오, 편하겠다. 급할 땐 양손으로 밥을 먹어도 되겠네!"

"하하, 그 정도까지는 아니에요. 숟가락이라면 모를까, 오른손으로 젓가락질이 아주 서툴거든요. 그래서 왼손을 사용할 수밖에 없는데 주변 사람에게 민폐 아닌 민폐를 끼칠 때가 가끔 있죠."

넓은 식탁에서는 상관없지만, 지금처럼 비좁은 곳에서는 어쩔 수 없이 자신의 왼팔과 옆 사람의 오른팔이 부딪히게 되고, 상대가 불편해할까봐 미안하다고 하는 게 안쓰러웠어.

"미안할 것까지야~"

"그렇다면 다행이지만, 불편해하시는 분들도 계셔서요."

다수의 사람과 다른 점이 있다는 게 때에 따라서는 불편함을 가져오기도 하고, 의도치 않은 오해를 불러오기도 해.

"이젠 그러려니, 하고 넘길 때도 되었는데. 잘 안 되네요." 멋쩍은 웃음을 보이는 그녀의 이야기가 궁금했어. 혹시 나도 무심결에 상처를 주지 않았는지 걱정도 되었고, 남 일 같지 않은 이유도 있었지.

잘 알다시피 나는 눈에 띄게 다른 점이 있잖아? 빨간색 머리카락 말이야! 어릴 때는 딸기처럼 빨간색 머리카락이 싫어서 염색도 해봤고, (처참한 결과는 말하지 않아도 알고 있겠지?) 대학생 때는 다이애나처럼 검은색 긴 머리의 가발을 써보기도 했어. 가발 관리가 어찌나 귀찮던지, 결국 몇 번 쓰지도 않고 고이 모셔두었지만.

그녀도 남들과 다르다는 이유로 크고 작은 상처들을 받았다고 했어. 그녀의 어머니는 아이를 왼손잡이로 키우고 싶으셨다나봐. 초등학교에 들어가기 전까지는 모든 걸 왼손으로 했대. 연필 잡는 거며 밥 먹는 거며. 입학하고 할아버지와 함께 살게 되었고, 할아버지는 손녀가 왼손잡이인 걸 허락하지 않으셨다고 해.

왼손은 동서양 모두에서 환영받지 못한 손이었으니까. 오른손의 어원이 '옳은 손'에서 왔다는 걸 보더라도 알 수 있지? 영어권에서도 오른손은 'Right hand'라고 하니까. 그녀는 익숙한 왼손 대신 낯선 오른손을 택해야 했지. 결과적으로 두 분의 의도를 반영한 거라고 해야 할지, 아니면 완벽하게 거절한 거라고 해야 할지, 그녀는 양손잡이가 되었어.

"중학교 다닐 땐 이런 일도 있었어요. 친척집에 가서 식탁 차리는 걸 도와드리는데요. 저는 왼손으로 밥을 먹으니까 국그릇은 밥그릇의 왼쪽, 수저는 국그릇 왼쪽으로 놓거든요. 식구들 식탁을 다 그렇게 차렸더니, 그럼 안 된다고 친척 할머니께서 말씀하시는 거예요. 이해가 안 됐죠. 제 기준에는 왼쪽이 맞는데, 왜 오른쪽에 놓으라고 하시는 걸까, 하고 말이에요. '왜 안 되는지'에 대한 대답은 들을 수 없었어요. 진짜 궁금했는데."

"식사 중에는 꼭 한 말씀씩 하셨죠. '재연이 왼손잡이구나? 오른손으로 먹어야지.'라고요. 그럼 저는 서툴게 오른손으로 젓가락질을 하는 거예요. 미역이나 메추리 알 같은 미끄러운 반찬은 먹지도 못해요. 집기 쉬운 반찬을 먹어야 해요. 어린아이처럼 흘리면서 먹을 수는 없잖아요?"

그녀는 스무 살이 훨씬 넘어서야 누구의 방해도 없이, 자유로이 양손을 썼다고 했어. 아이러니하게도 오른손을 강요하셨던 어르신들이 이 세상에 계시지 않게 되면서부터 말이야.

"혹시 이런 말 들어보셨어요? 우와 오른손으로 밥을 정말 잘 드시네요? 오른손으로 글씨를 쓰는데 불편하진 않아요? 라는 말들요. 아마 없을걸요? 누구도 그렇게 말하지 않거든요. 근데 오른손을 왼손으로만 바꾸면요, 저는 지겨우리 만큼 자주 들었던 말이에요. 왼손으로 밥을 먹고 있으면 왼손잡이세요? 라고 물어봐요. 신기하다는 듯이. 또 이건 좀 웃긴 얘기인데 지하철 개찰구에서요. 오른쪽으로 카드를 찍게 되어 있거든요? 가끔 아무 생각 없이 왼쪽에 카드를 찍어서 통과를 못했던 적도 있어요. 선배는 상상도 할 수 없는 일이겠죠?"

나는 간과한 채 넘겼던 부분이 그녀에겐 세심히 신경을 써야 하는 부분이었던 거야. 단지 다수가 아닌 소수에 속한다는 이유만으로. 우리 많이 들어 봤잖아? "남들과 다르다는 건 말 그대로 '다른' 것일 뿐, 틀린 게 아니다."라는 말. 참 합리적인 말이고 좋은 말이야.

머리로는 충분히 이해하지만, 무심결에 있는 그대로 인정하는 걸 거부하진 않았을까, 혹은 틀렸다고 판단해버리진 않았을까, 한 번쯤 고민하게 하거든.

이 편지를 읽는 친구 중에서 재연이와 같은 상처를 가진 친구도 있겠지? 왼손잡이라는 이유로 받았던 차별과 낯선 말들이 가슴에 깊이 박히진 않았을는지. 점점 자라나면서 내 의지와는 상관없이 오른손잡이가 되어야 했던 경우도 있었을 테고, 재연이처럼 양손잡이가 되는 경우도 있었을 거야.

이 편지가 그 친구들에게는 위로가 되었길, 오른손잡이 친구들에게는 한 번쯤 왼손잡이 친구들을 배려해줄 수 있는 계기가 되었으면 좋겠어. 우린 서로 다를 뿐 오른손잡이도, 왼손잡이도, 양손잡이도, 틀린 사람은 아무도 없으니까 말이야.

나는　아직
머리와　마음이
따로　움직여

To. 관계의 확장이 숙제로 다가오는 너에게

당당하고 씩씩한 목소리의 주인공이었어. 자신을 '워너비 글쟁이'라고 소개한 그녀는 대학교를 갓 졸업하고 사회에 첫 발을 내디딘 지 얼마 지나지 않은 열정 가득한 청년이었어. 여러 사람의 소개말 중, 유독 그녀의 말이 뇌리에 박혔던 건, 말투에서 전해지는 활발함이 마음에 꼭 들었기 때문이랄까.

그녀의 얼굴로 멀지 않은 과거의 내가 빠르게 스쳐 지나갔어. 그러고 보니 나, 그녀 못지않게 제법 열정적인 사람이었구나 싶더라. 관계의 범위를 확장하고 싶었던 나는 새로운 사람을 만나서 새로운 주제로 대화하는 걸 꺼리지 않았거든. 내가 알지 못했던 분야에 대해서 배울 수 있는 기회라고 생각했어. 그 중 최고는, 어려운 고민을 서슴없이 말할 수 있는 친구를 만나는 행운이었고.

물론 쉽지 않은 일이었어. 이익을 온전히 배제한, 친해지고 싶은 순수한 마음 하나로만 친구를 사귀었던 청소년 때와는 많은 게 달라져 있었으니까. 수업 시간에 선생님이 농담처럼 하셨던 말씀이 어렴풋이 기억나. "어른이 되면, 점점 친구 사귀는 게 힘들어진단다. 지금 너희 곁에 있는 친구들이 평생 친구가 될 테니 서로에게 잘 하도록." 그땐 장난처럼 넘겼는데, 어른의 세상에 나와 보니 알겠더라. 제각각의 관심사와 다양한 연령대의 사람들 틈에서 나와 코드가 맞는 존재를 찾기가 얼마나 어려운 일인지. 하지만 내심, 포기하지는 못한 채 가느다란 희망만 남겨두었던 거야.

누군가와의 만남을 발전시키고 싶었지만 결국 친밀한 관계를 형성하지 못하고 끝난 과거가 퇴적물처럼 쌓여 갔어.

특히 여행에서 그랬어. 해외든 국내든 어딘가에서 사람들을 만나고 대화를 나누고 하루라도 같이 움직이다 보면 자연스레 친해지잖아?

"귀국하면 밥이나 한번 먹자!"라는 말로 이별의 아쉬움을 달래었지만, 이루어질 수 없는 약속이었지. 여행지에서 나눈 안녕이란 인사는, 그 사람과의 마지막 인사인 경우가 대부분이었으니까. 제법 좋은 친구였는데 말이야. 짧은 꿈을 꾼 것 같았지. 이어지지 못한 인연을 놓아주는 게 익숙해져 갔지만, 여전히 남는 미련 앞에선 아쉬운 추억이 되었지.

여행뿐만이 아니었어. 봉사활동이나 국토대장정에서도 조원이 10명에서 20명 정도였지만, 다 친하진 않았으니까. 물론 당연하긴 해. 최소 20년을 각자의 사고방식과 각자의 생활방식을 갖고 살아온 사람끼리 만났는데 어떻게 호흡이 척척 맞을 수 있겠어? '배려'라는 관심으로 관계를 확장해 나갈 뿐. 가

치관과 사고방식이 통하는 사람이 한 명이라도 있다면 그 활동은 성공이었지.

하지만 언제부터였을까, 낯선 이에게 먼저 다가가는 게 불편하다고 느꼈던 게. '저분과 친해지고 싶다.'라고 생각만 할 뿐, 쉽사리 다가가지 못해 후회하는 내 모습이 낯설지가 않더라. '차라리 나한테 먼저 말을 걸어주면 좋겠다.' 이루어질 수 없는 희망사항만이 그 사람 곁을 맴돌았지.

나이를 먹으면서 타인에게 받는 상처를 최소한으로 줄이고 싶었을 거고, 관계의 피곤함이 진저리가 나서 정리를 원하기도 했을 테고, 사람을 신중하게 만나고 싶은 생각도 있었겠지.

물론 꼭 새로운 사람과 새로운 만남을 통해 관계를 확장해야만 삶이 발전적이라는 건 아니야. 사람에 따라서는 혼자만의 시간을 통해 성장하기도 하니까.

다만 이것만 알아줬으면 좋겠어. 사람 관계로 힘들어하는 내게 마릴라 아주머니께서 해주셨던 말씀이야. "앤, 사람과 맺는 관계는 강제로 되는 게 아니란다. 진심이 통하는 사람과는 시나브로 가까워질 게다. 그러니 너무 상심 말거라." 아주머니는 알고 계셨던 거야.

사람의 마음은 내가 억지로 끌어당긴다고 끌려오는 게 아니라는 걸.

조바심내지 말고, 물 흐르듯 자연스럽게 사람이 들고 나는 걸 받아들였으면 해. 하나하나에 일희일비하지 말고 말이야. 썰물과 밀물처럼, 사람도 똑같아. 이 단순한 진리를 진심으로 이해하기까지 제법 큰 대가를 치렀지. 아! 그렇다고 내가 완벽히 이해했다는 건 아니니 오해는 말아줘.

아직은 머리와 마음이 따로 움직이는 어설픈 어른이니까.

아기 고양이의
성장을
지켜본 적
있어?

To. 한 템포의 여유로움이 절실한 너에게

왜, 그런 날 있잖아. 현관에서 구두만 벗고 들어가면 되는데, 신발과 발 사이에 뭐가 걸린 건지 잘 벗겨지지 않아서 '신발마저 나를 힘들게 하느냐'고 울컥하는 날. 횡단보도 신호등이 그날따라 유난히 더 길게만 느껴져 괜한 짜증이 솟구치는날. 한 걸음 멀찌감치 서서 보면 별일 아닌데 왜 그 순간에는 울컥하는 감정을 주체하지 못했던 걸까, 하고 약간의 후회마저 드는 그런 날들.

회사에서 안 좋은 일이 있었거나 혹은 쉴 틈 없이 바쁜 하루
를 보낸 날, 예민해진 몸과 지칠 대로 지친 마음을 이끌고 집
으로 돌아오는 길, 매일 걸었던 똑같은 거리의 틈새에서 유독
우르르 무너져 내리는 날이 있었어.

'아, 정말 힘들다.'라는 하소연에 가까운 단어들이 샤워기에
서 떨어지는 물줄기에 흘러들곤 했지. 글쎄, 어쩌면 두 눈에서
흐르던 짭짤한 무언가가 바닥으로 떨어졌을지도 몰라. 나는
무엇을 위해서 앞만 보고 달려가는 걸까, 결국 내가 얻고자 하
는 게 뭘까? 차츰 소모되어 가는 나를 볼 때마다 누구도 답해
주지 않는 질문을 던지곤 했어.

내가 가장 서글펐던 건 이거야. 까마득하게 먼 미래를 위해
서 무모하리 만치 오랜 시간의 현재를 저당잡힌 듯 소비한다
는 생각. 월급날을 위해 정신없이 바쁘게 돌아가는 나의 하루
가 나중엔 기억조차 희미해져 아무런 추억도 남아 있지 않을

까봐, 연기처럼 흩어져 남는 게 아무것도 없을까봐 무서웠어. 두려움이라는 감정 앞에서 나는 짜증으로 방어를 시도했지만, 결국 그 방어막은 방향을 틀어서 내게 상처를 입히고 말았지.

나는 나의 하루가, 한 달이, 일 년이 무미건조한 어두운 회색빛으로 물드는 건 원치 않았어. 삭막한 하루가 아니라 살아 있는 하루, 생기가 넘치는 밝은 하루가 되기를 원했어. 나중에 오늘을 되돌아 봤을 때, 그 순간을 즐겁게 기억할 수 있는 사소한 기쁨이 남아 있길 바랐어.

나에게 우선 필요한 건 '여유로움'이었지. 잠시라도 나를 살펴볼 수 있는 시간이 있어야 했어. 자꾸만 흐려져 가는 나의 하루에, 나의 존재에 숨을 불어 넣어야 했어. 내가 좋아하는 것, 내가 관심이 있는 것, 나를 즐겁게 하는 것을 찾아 나섰지. 다행히 생각보다 어려운 일은 아니었어. 습관처럼 외치던 '빨리빨리'를 입에서 잠시 떼어 놓는 것만으로도 나에게 집중할 수 있는 틈이 생겼거든.

　회사 주차장에 있던, 어미 뒤만 졸졸 쫓아다니던 아기 고양이가 어느새 다 커서 성큼성큼 걸어다니는 걸 보는 흐뭇함. 높은 담벼락에서 훌쩍 뛰어내려 안전하고 부드럽게 바닥에 착지하는 모습에 느끼는 뿌듯함. (내가 키우진 않았지만 무탈하게 잘 큰 모습을 보니 무척이나 감동적이었어) 창문을 사이에 두고 앙상한 나뭇가지만 보여주던 나무가 서서히 연둣빛으로 물들어 가는 걸 보는 시간. 공사가 끝난 건물에 내가 좋아하는 샌드위치 가게가 입점한다는 소식을 접한 기쁨. 점심 메뉴로 다양한 샌드위치를 마음껏 먹을 수 있다는 즐거움. 점심을 먹고 산책을 하다가 우연히 맛있는 버블티를 발견한 재미. 우울할 때면 급속도로 우울함을 날려버릴 수 있는 마법 같은 치료

약의 공급처를 스스로 알아냈다는 대견함. 비가 올 때 분위기 좋은 아기자기한 카페에서 창문에 부딪히는 빗방울을 보며 여유로움을 만끽할 수 있다는 행복.

나는 한 템포 쉬어가는 길을 택했어.

빠르게 움직일 때는 볼 수 없었지만, 천천히 걸으면서 보았던 사소한 풍경들. 풍경이 눈에 들어오니 내 마음에 여유가 찾아왔어. 스스로 소소한 기쁨을 만들었다는 걸, 짧은 순간을 모아 칙칙한 하루를 화사하게 꾸며 나갔다는 걸, 결국 내가 보낸 오늘의 주인은 나였다는 걸, 깨달은 거야. 신기하게도 집에 돌아오는 길에 울컥하는 빈도수가 줄어들었지. 다행이었어. 사실 걱정했어. 조금씩 나를 갉아먹다가 어느 날 갑자기 회복 불가능한 상태가 되면 어쩌나… 하고. 겉으로 드러내진 않았지만 내심 무서웠거든.

나에게 '여유로움'을 선물로 주면서 생긴 변화였지. 우리는 너무 바쁘게 움직여. 봐봐, 오늘 네 입에선 "바쁘다 바빠." 라는 말이 몇 번이나 나왔을까? 물론 빠르게 처리해야 하는 업무는 어쩔 수 없지만, 우리는 잊지 말아야 해.

이 세상에서 제일 중요하고 소중한 건, 네가 보내는 너의 하루야. 네가 살아가는 너의 삶이야. 꼭 기억해! 너 자신의 소중함을!

슬럼프,
난 널 원하지
않았어

To. 슬럼프에 빠져 무기력한 너에게

뭐가 문제일까, 원인을 찾으려 노력했지만 이내 포기하고 말았어. 매일 반복되는 무료한 일상과 내가 원하는 결과를 얻지 못했을 때의 좌절감으로 앞으로 나아갈 힘을 모두 소진해 버린 상태, 사람들은 그걸 '슬럼프'라고 하더라?

슬럼프는 성격이 제법 고약한 말썽꾸러기 녀석이었지.

오면 온다고 말이나 하고 오지, 예고 없이 조용히 찾아와서는 내 삶을 쥐고서 뒤흔들려고 하니까. 내 삶에 영향을 끼치고 있다는 걸 알아차린 후에는 이미 한발 늦은 상태였어. 이전으로 되돌리기까지 상당한 에너지를 필요로 했거든.

"꼭 가고 싶은 회사예요. 합격할 수 있도록 도와주세요." 면접을 보고 온 날이면 어김없이 기도를 했어. 종교도 없는데 말이야. 그만큼 절실했으니까. 오랫동안 준비해 온 회사라고, 입사만 한다면 인생의 제2막을 화려하게 데뷔할 수 있으니 제발 기회를 달라고 빌었지.

절실함이 닿은 걸까, 원하던 곳에 입사했고 행복한 미래를 꿈꿨어. 대학생이 만지던 돈과는 다른 단위의 돈이 내 손에 들어왔고, 많은 걸 할 수 있었어. 사고 싶었던 카메라를 사고, 피아노를 사고, 여행을 다니며 인생을 즐기기에 바빴지. 열심히 일해서 능력을 인정받고 더 높은 자리로 올라가겠노라 다짐하고 또 다짐했어.

화려하게 데뷔한 무대에서 행복한 날들만 이어졌다면 더할 나위 없이 좋았겠지만, 현실은 정반대였어. 선배들이 내내 말하던 '3, 6, 9의 저주'를 피해 갈 수 없었거든. 아마 한 번씩은 들어 봤겠지? '3개월, 6개월, 9개월마다 회의감과 함께 퇴사 욕구가 치솟는다. 1차 고비를 넘기고 나면 다음은 3년, 6년, 9년 차에 고비가 찾아온다.' 슬럼프였어.

승진 앞에서 부딪힌 유리 장벽의 한계는 나를 다시 한 번 쓰러뜨리기까지 했지. 아무렇지 않은 척, 괜찮은 척했지만 정말로 그랬을 리가. 전진이 아니라 후퇴하고 있다는 생각은 나를 더 지독하게 괴롭혔지.

나름대로 방법을 찾아 헤매었어. '슬럼프를 극복하는 가장 좋은 방법은 초심을 되찾는 것이다.' 라는 말을 주문 삼아 끊임없이 되뇌고 다녔지만 별 효과는 없더라? 내가 얼마나 들어오고 싶어했던 회사였는지, 합격 통보를 받았던 그날의 벅찬 가슴과 온몸으로 느끼던 짜릿함을 기억해내려고 안간힘을 썼지만 뚜렷이 기억나지 않았을 뿐더러, 감동은 사라진 지 오래였으니까. 초심을 잃어버린 내 모습에 실망할 뿐.

어서 다른 방법을 찾아야 했어. 이번엔 두 가지 선택지가 주어졌지. 버티거나, 뛰쳐나오거나. 전혀 다른 두 행동은 전혀 다른 두 가지 결과를 가져왔지만, 하나의 공통점이 있었어. 어느 쪽을 선택하든 후회하지 않은 적은 없었다는 거야.

더 나은 미래를 꿈꾸며 호기롭게 뛰쳐나왔지만, 막상 현실 앞에 좌절감을 느낄 때. 반대로 일 년만 더 버텨 보자는 생각으로 헤쳐나갔지만 결국 건강에 문제가 생겼을 때. 둘 다 내 일이 되다 보니 어떤 선택지가 현명한 답인지 판단이 서지 않더라.

그때 만약 내가 지금과는 다른 선택을 했다면, 더 행복하게 살고 있을까? 라는 생각을 한 번도 하지 않았다면 거짓말이겠지. 그 순간의 선택으로 현재의 나와 주변 사람의 차이가 만들어졌으니까. '남과 비교하지 말자, 어제의 나와 오늘의 나만을 두고 비교하자.'

한 가지 확실해진 건 이거야. 뛰쳐나간 적도 있고 버틴 적도

있는 나의 경험들이 내면의 소리를 한 번이라도 더 듣게끔 해 줬다는 것.

어떤 선택이 덜 아플지, 덜 후회할지를 판단할 기준이 없었으니까. 남의 말을 듣고 남의 선택에 의지해 '내 선택'을 미뤄 왔던 거야. 바보 같았어. 나를 탓하기보다 남을 탓하는 게 마음이 덜 불편하다는 핑계로 해 왔던 실수였지. 누구도 내 인생을 대신 살아주지 않고, 나의 선택에 어떠한 책임도 져주지 않는다는 걸 깨닫는 데 그리 오래 걸리진 않았지만. 남이 아니라 나에게 집중할 수 있다는 것, 그래서 앞으로 덜 후회할 선택을 해 나갈 거라는 믿음.

어쩌면 슬럼프에 가장 현명하게 대처하는 방법은 뛰쳐나오는 것도, 버티면서 이겨내는 것도 아닌, 자신을 향한 믿음이 아닐까 싶어.

남의 말에 흔들리지 않고 내가 스스로 판단해서 내린 결론에 대한 믿음 말이야.

우 리 는

연 애 를   통 해 서

무 엇 을   얻 을   수

있 을 까 ?

청첩장을 나눠주는 자리, 결혼을 앞둔 친구 중 열에 아홉은 덧붙이는 말이 있었어.

"앤, 결혼하기 전에 꼭 연애 많이 하고, 많이 놀아. 그래야 나중에 후회 안 한다?"

궁금했어. 왜 결혼 전에 많이 놀아야 하고, 많은 연애를 해 봐야 하는 걸까? 싱글로서 누리던 자유를 일정 부분 반납하겠다는 굳은 결심이 필요하기 때문이라고 생각했지만, 단순히 그뿐이라면 너무 서글프더라. 마치 '네게 허락된 자유는 오늘까지니, 즐길 수 있을 때 즐겨라.' 라고 '자유'에 시한부를 선고하는 거나 마찬가지였으니까.

다른 심오한 뜻이 있지 않을까? 고민에 고민을 거듭한 결론은 이거였어. '연애를 많이 해 봐야 해'라는 말은 연애가 주는 즐거움을 놓치지 말라는 뜻도 있지만, 그보다는 여러 사람과 맺은 관계 속에서 존재하는 '나'를 파악하는 기회를 가져 보라는 것.

나의 성향, 좋아하는 것, 기피하는 것, 하고 싶지 않은 것처럼 다소 추상적인 질문에 대해서 고민해 보자는 거지. 눈에 또렷하게 보이지 않으니 대답하기에 어려울 수도, 반대로 쉬울 수도 있어. 자칫하면 애매모호한 답이 나올 수도 있고.

희한하지. 객관적인 입장에선 여자친구가 힘들어할 게 훤 보이는데, 왜 본인이 여자친구가 되었을 땐 보지 못하는 걸 ? 제삼자의 정확한 눈은 아픈 상처를 입고 나서야, 즉 이별 마음먹은 후에야 갖게 되는 거지. "내 눈에 뭐가 씌었었나 " 라고 쓴웃음을 지으면서 말이야.

픈 말이지만 역시 사람은 상처를 통해서 배우는 게 많은 , 싶더라. 적어도 다음번에는 비슷한 사람 때문에 아파할 없을 테니까. 우리는 그렇게 여러 번의 만남과 이별을 통 자신을 행복하게 만드는 방법을 터득해 가고 있는 건 아

는 연애를 통해서 무엇을 얻을 수 있을까?

얻기 위함보다는 사람을 좋아한다는 자연스러운 감정 들이면서 내가 가진 모든 감정을 느낄 수 있는 거지. 전부를 다 가진 것 같은 기쁨을, 때로는 세상의 전부를 린 것 같은 상실감과 슬픔을 말이야. 극과 극을 향하는

내가 생각해 본 방법은, 직접 부딪히며 배워 가는 거야. 얼굴을 맞대고, 시간을 보내고 나서야 파악 가능한 게 있으니까. 어떤 성향의 사람을 좋아하는지, 싫어하는지, 함께 하고 싶어 하는지.

꿈꿔 왔던 이상형까진 아니더라도, 최소한 싫어하는 타입 은 피해야 하잖아?

올바른 판단을 하리라, 호언장담하는 친구도 있을 테지만, 때로는 관계의 안쪽까지 들어가야만 보이는 게 있어. 예를 들 면 이런 거야. 연애하기 전에는 '연락을 자주 하는 남자친구' 를 꿈꿨지만, 막상 연애를 해 보니 오히려 자신이 연락에 중점 을 두지 않음을 알게 되거나, 연애도 중요하지만 자기 발전 또 한 중요하다고 생각하는 사람이라는 걸 알게 되기도 하는 거 지.

나 자신도 몰랐던 모습을 연애라는 거울로 보게 되는 일은 꽤 잦았어. 예전의 나는 그림을 즐기는 편이 아니었어. 예술을

잘 몰랐거든. 하지만 남자친구와 시간을 보냈던 미술관에서의 추억 덕분에 혼자라도 전시회를 챙겨 보는 사람이 되었지.

또 왠지 겁이 나서 타지 못했던 놀이기구를 같이 타 보니, 빠른 속도에서 쾌감을 느끼는 내 모습에 놀라기도 했어. 그동안 무섭다는 이유로 시도조차 하지 못했던 게 어이가 없더라니까? 혼자서는 할 수 없던 일들을 해내고, 그로써 의외의 '나'를 발견하는 기회가 바로 연애였던 거야.

음, 이건 안타까운 이야기지만, 객관적인 판단의 결여로 오는 문제도 있어. '남'의 연애에서만 볼 수 있는 객관성은, 주어가 '나'로 바뀌는 순간 이성은 온데간데없고 감성만이 남아 있는 경우가 많으니까. 이건 극단적인 예시인데, 남의 눈으로 봤을 땐 전형적인 '나쁜 남자'지만 나에게는 어떤 한 점만 빼고는 최고의 남자친구일 수 있으니까. "술을 한번 마시기 시작하면, 가끔 연락 두절이긴 하지만, 그것만 빼고는 완벽한 사람이야." "모든 여자한테 친절한 건 매너가 좋아서 그래. 무례한 사람보다는 낫잖아?" 라는 말로 자기를 위로하면서.

감정들 사이에서, 오늘도 우리는 나의 진솔한 모습에 한 발짝 더 다가가지 않았을까?

나이가

들어 간다는 건

예전에는

몰랐던 걸 알게

된다는 거야

한 해를 가리키는 숫자가 바뀌고, 한 살씩 늘어 앞자리가 바뀌었다는 사실은 문득 우울함을 느끼게 했고 묘한 기분마저 들게 했지. 더는 나이를 먹지 않았으면 좋겠어, 여기에서라도 멈추었으면 좋겠어, 라는 말도 안 되는 생각이 가득했던 어느 해, 나는 예상치 못한 경험을 했어.

책장에 꽂혀 있던 '한국 단편소설집'을 우연히 발견했던 날, 분명 내 방이었지만 낯설게 느껴졌던 그 순간, 한참 동안 손에서 책을 놓지 못했어. 한 장 한 장 책장을 넘기는데 고등학생 앤 셜리와 성인 앤 셜리가 마주 보고 있는 것 같았거든.

고등학생 앤 셜리가 말을 걸었어. '지루한 책을 골랐네요.' 어른 앤 셜리는 동의할 수 없었지만, 그녀의 이야기를 더 들어보기로 했지. '교과서에 실린 소설이 어떻게 재미있죠?' 이해할 수 없다는 표정으로 바라보는 어린 앤에게 꼭 그런 건 아니야, 라고 말을 하려다가 말았어. 그녀가 보낸 국어 시간이 떠올랐거든.

수업 시작과 동시에 선생님은 초록색 칠판에 하얀 분필을 잡고 열심히 써내려가셨어. 시대적 배경이 언제라느니, 주제와 제재가 무엇이라느니, 전지적 작가 시점이라느니. 작가의 의도나 메시지를 담은 글은 독자에 따라 느끼는 바가 다를 텐데, 하나의 정답을 주입하려 했으니 재미가 없을 수밖에. 책 속의 주인공과 열일곱 살의 앤 사이에서 존재하는 세대 차이는 공감대를 형성하기엔 무리가 있었지.

하지만 그날은 이상한 날이었어. 지루해하던 책을 쉼 없이 읽어 나갔거든. 이 정도로 흡인력이 강한 책이었던가? 의아했어. 바뀐 건 딱 두 가지뿐이었거든. 보고 있는 책이 '국어 교과서'가 아니라 '단편소설집'이라는 것,

그리고 내가 10대가 아니라 30대가 되었다는 것.

신기했어. 고등학생 앤이 보았던 소설에서는 보이지 않았던 주인공의 감정 변화가, 의미 파악이 어려웠던 반어법 문장을 정확하게 이해했으니까. 오히려 '이걸 몰랐단 말이야?'라는 생각이 들 정도로. 시골 꼬마와 서울 꼬마의 풋풋한 감정을 품은 「소나기」, 운수가 좋았던 날 결국 가장 큰 슬픔을 맞이해야만 했던 김첨지의 얄궂은 운명을 그린 「운수 좋은 날」 속에 푹 빠져서 교감을 나누었던 거야. 그들의 이야기 속에는 내 이야기가 섞여 있었으니까.

신호등의 신호가 유난히 잘 맞아떨어져 늦게 일어났지만 지각하지 않았던 그날, 회사로 올라가는 엘리베이터마저 기다리지 않고 바로 탈 수 있었던 그날, 퇴근길 버스에서 운 좋게 자리에 앉을 수 있었던 그날. 나조차도 '어? 오늘 왜 이렇게 타이밍이 잘 맞지?' 생각했었던 그날. 물론 기분은 좋았지만 동시에 약간의 불안함이 엄습해 오곤 했었지. 김첨지가 그랬던 것처럼.

그래, 바로 그거였어. 나이를 먹어가면서 좋은 경험, 나쁜 경험이 자연스럽게 하나둘씩 쌓이며 주인공의 감정에 스며들 수 있었던 거야. 나의 경험이 풍부할수록 공감대 형성이 쉬웠지. 내가 직접 겪은 일이 아니더라도, 가슴 아파할 줄 알게 되었고 환희를 느낄 수 있었어. 주인공의 억울함에 화를 내기도 했고, 적나라한 비판에 속이 시원해지기도 했어. 내 손에 있는 건 누군가의 글이었지만, 내 마음속에는 누군가의 삶의 흔적이, 삶의 희열이, 고통이 빠짐없이 전해졌던 거야.

예전에는 알지 못했던 걸 이해하게 된다는 건, 이런 기분이구나.

글에서 묻어나오는 감성을 고스란히 느낄 수 있다는 것. 그래서 삶이란 게, 다양한 생각과 감정을 거름 삼아 예쁜 꽃을 피워내는 과정임을 배우는 것. 나이를 한 살씩 먹어간다는 건, 세상을 좀 더 깊고 세밀하게 바라볼 수 있는 현미경을 얻는 일이구나.

누구도 가르쳐주지 않았고, 선생님처럼 옆에서 말해주는 사람도 없었지만 30대의 앤 셜리가 깨닫기에 어려운 문제는 아니었지. 어쩌면 서른이 넘어야만 보이는 삶의 가치였을지도. 아마 한 해 한 해 나이를 먹어갈수록 느끼는 감정의 폭도 넓어지겠지? 한 단계 업그레이드 된 현미경을 갖는 거라고! 아, 궁금하고 떨려! 과연 어느 정도로 멋진 현미경이 되어 있을지, 나는 어떤 아름다운 꽃을 피워냈을지 말이야.

노란색
머리카락이
어때서?

한번 상상해 볼래?

네 앞에 상아색과 레몬색의 중간쯤인, 어쨌건 꽤 튀는 색으로 염색을 한 사람이 있다면, 가장 먼저 무슨 생각이 들까? '와, 예쁘네!' '회시에 다니지 않는 사람인가봐.' '연예인이나 배우인가?' 아니면 별다른 생각 없이 스쳐갈 수도 있고.

연우라는 친구가 있었어. 어느 여자 연예인처럼 검은색 긴 생머리가 그녀의 트레이드마크였지. 오랜 시간을 고수해온 그녀의 취향이었기에 다른 헤어스타일은 상상할 수 없었어. 그러던 그녀가 갑자기 어깨에 닿지 않을 만큼 짧게 머리를 자르고, 부드러운 레몬색으로 염색을 하고 나타난 거야. 친구들은 놀란 나머지 무슨 심경의 변화가 있었냐며 한마디씩 했지.

그녀에게선 의외의 답이 나왔는데, 다음 달 첫 출근을 앞두고 마지막 자유를 누리겠노라, 선언이자 의지의 표현이었다나? 학생이었을 때, 텔레비전에서 좋아하는 가수가 샛노란 색으로 염색한 모습을 보고 나도 어른이 되면 꼭 해봐야겠다! 결심했대.

미루고 미루다, 이제 더는 미룰 수 없을 때 와서야 미용실을 찾아간 거야. 새로운 변화를 주고 싶었던 그녀는 완전히 바뀐 스타일에 굉장히 만족해했지. 아예 다른 사람처럼 보였거든. 한결 경쾌해 보이는 모습이 참 예뻤어.

하지만 문제는 명절이었어. 친척들이 다 같이 모인 자리에서 친척 어른 한 분이 그러시더래. "너는 나이가 몇 살인데 취업할 생각은 안 하고 머리가 그게 뭐니? 언제까지 엄마아빠한테 손 벌리려고 그래?" 명절을 좋아하지 않는 하나의 원인이 연우에게도 똑같이 일어난 거야.

그녀는 "하하, 그러게요." 짧게 웃으며 자리를 떴대. 굳이 "어느 회사에 취업했고, 언제부터 출근인데 마지막 자유를 누리고자 염색을 했어요."라고 길게 설명하기 싫었다고 해. 머리 색깔이 튄다고 해서 다른 사람에게 피해가 가는 것도 아니고, 오늘의 내 모습에 내가 만족하는 거로 충분하다고 생각했대.

사실 연우는 우리나라에서 내로라하는 기업 공채에 합격한 상태였어. 출근까지 열흘 정도가 남았고, 언제 또 주어질지 모르는 '자유와 일탈의 시간'에 그녀의 오랜 버킷리스트를 실행하고 있었던 거지. 나 같았으면 억울한 마음에 뭐라 말을 더했겠지만, 그녀는 크게 개의치 않고 넘어갔다고 해. 새삼 대단하더라니까?

누군가가 나의 겉모습만을 보고 나를 판단한다면, 그게 만약 왜곡된 모습이라면, 나는 어떻게 해야 할까?

"그건 진실이 아니에요!"라고 맞서야 하는 걸까, 아니면 연우처럼 아무렇지 않은 척 넘어가야 하는 걸까. 잘 모르겠어.

종종 그런 일이 있었는데, 매번 후자에 가까웠거든. 다만 연우와 다른 건, 아무렇지 않은 '척'만 했다는 거야. 속으로는 끙끙 앓았으니까. '그건 진실이 아니에요! 나에 대해서 잘 모르면서, 왜 마음대로 판단을 하는 거죠?' 반항이라고 할 수조차 없는 소심한 나의 반격은 입 밖으로 나오진 못한 채로 사그라들었지만.

연우처럼 완벽하게 신경쓰지 않을 수 없다면 한 번쯤은 뱉어내 볼 걸 그랬나, 싶은 후회도 있었지. 남의 시선에 진짜 나를 감추는 건 절대 하기 싫은 일이었는데, 막상 겪어 보니 뜻대로 되진 않더라. 씁쓸했지만 뭐, 어쩔 수 없지.

몇 번 선입견이라는 가시에 호되게 당한 후로는, 나도 가시를 쳐 채로 공격하진 않았는지 되돌아보곤 해. 어떤 이의 이미지만으로 그 사람을 정확하게 안다고 오해를 하지 않도록 말이야.

나도 경험해봐서 알잖아, 편견이 가진 어마무시한 힘을.

우리, 서로를 열린 마음으로 바라보면 어떨까? 왜곡된 모습으로 자신을 기억한다고 속상해하는 사람도, 괜히 이상한 사람이라며 선입견으로 바라보는 데 허비하는 나의 에너지도 줄어들 테니까.

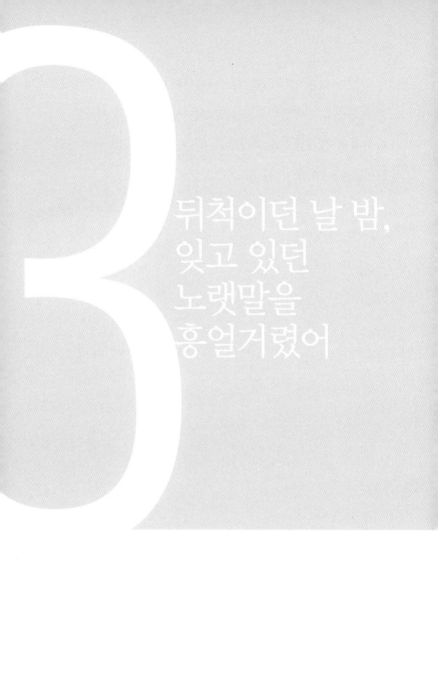

3

뒤척이던 날 밤,
잊고 있던
노랫말을
흥얼거렸어

		토	요	일
오	후		네	시 ,
내	가	행	복	해 지 는
			시	간

To. 일상 속에서 행복을 찾고 싶은 너에게

토요일 오후 네 시, 나는 이 시간을 '행복으로 가득찬 시간' 이라고 불러.

꼭 토요일이 아니어도 괜찮지만, 시간은 꼭 오후 네 시여야 해. 세 시도, 다섯 시도 안 된다고! 왜냐고? 오후 네 시가 가진 힘을 모르는구나? 역시! 그럴 줄 알았어. 아직 사람들이 눈치채지 못한 비밀이라고! 그걸 우리 둘만 알게 되는 거지. 이 편지를 끝까지 읽고 나면 너도 오후 네 시가 기다려질 거야. 특히 햇살 좋은 날의 오후를.

토요일 세 시가 넘으면, 나는 창문이 큰 카페를 찾아 가. 꼭 높은 곳이 아니어도 좋아. 중요한 건 건물의 높이가 아니야. 빛의 질감을 잘 느낄 수 있는 커다란 창이 있어야 한다는 거야. 평소에는 시멘트 공간에 자신을 가두고 살아가니까, 이렇게라도 나는 커다랗고 투명한 창문을 찾아가곤 해. 딱딱하고 차가운 회색 시멘트보다는 포근한 햇볕의 따스함을 느끼고 싶거든.

오늘도 성공했어! 창가에 자리를 잡았지. 무슨 음료를 주문해 볼까? 나는 그날그날 기분에 따라 다른 음료를 마시는 편이야. 기분이 좋은 날은 아메리카노의 쌉싸래한 맛을 즐길 여유가 있지만, 괜스레 울적한 날엔 그 쌉쓸함을 견디기 힘들거든.

그런 날은 쫀득쫀득한 크림이 얹어진 커피를 주문하곤 해.

다이어트에는 치명적이지만 입술에 닿는 부드러움과 동시에 입안에 퍼지는 달콤함을 도저히 포기할 수가 없다니까! 이 메뉴 개발한 사람을 만난다면 얼싸안고 고맙다는 인사를 전하고 싶어. 당신 덕분에 울적했던 기분이 나아졌어요, 고마워요!

자, 준비는 끝났어. 시곗바늘은 네 시를 향해 달려가고 있을 거야. 이제 창가에 앉아서 얼굴 가득 들어오는 빛을 느껴 봐. 그때의 햇볕은 너무 뜨겁지도, 강하지도 않아. 신기하게 모든 계절에서 말이야. 겨울에는 해가 잠들기 직전이라 오렌지빛이 부드럽게 너를 감쌀 거고, 한여름이라면 아주 뜨겁지 않은, 밝고 경쾌하고 가벼운 빛이 너를 찾아올 거야. 잔에 담긴 건 네가 주문한 음료뿐만이 아니야. 네 시의 햇살이 담긴 음료라고. 너는 햇살을 같이 마시고 있는 거야.

한 모금 마셨니? 이제 눈을 감아 봐. 우리는 지나칠 정도로 많은 걸 보고 있어. 굳이 보지 않아도 될 세상 일부까지 말이야. 그게 우리의 마음을 좀먹고 있음을 모르는 채로 두 눈에 많은 걸 내맡기고 있어. 마치 내가 가진 권한 전부를 넘겨준 것처럼. 하지만 난 억울해. 내 마음이 무방비 공격을 당하는 걸 원하지 않아.

가끔 눈에게 말을 걸었어. 네게 나의 모든 권한을 준 게 아니야. 네 도움으로 세상의 아름다움을 볼 수 있지만, 원치 않는 정보까지 보고 싶지는 않아. 눈을 감고 있는 시간도 중요해. 바깥을 보지 않아야 안을 볼 수 있으니까. 나의 내면을 꼼꼼히 살펴보고 싶어. 도와줄 수 있을까?

눈을 감으면서부터 변화가 느껴졌어. 바깥의 넘치는 이야기 대신 내 안에서 조금씩 새어 나오는 나의 이야기에 집중할 수 있게 된 거지. 상상해 봐, 진짜 네 모습과 만날 기회라고! 네게 떨어지고 있는 햇살과 함께 가는 거야.

카페에서 흘러나오는 음악에 문득, 귀가 집중을 하는 걸 깨닫는다면, 그건 네가 추억 여행을 할 수 있다는 신호야. 특히 잊고 있었던 아주 오래된 노래가 공간에 울려 퍼질 때면, 추억행 고속열차 티켓을 얻은 거라고 봐도 좋아. 노래가 들려주는

건 가사, 리듬, 음정이 전부가 아니거든.

학창시절에 시험공부를 하면서 들었던 음악, 통학 길에 이어폰을 타고 전해졌던 노래, 좋아하는 오빠들의 콘서트에 가기 위해 열심히 외웠던 가사와 응원 방법까지. 노래 곳곳에 담겨 있잖아. 가사 한 줄 한 줄, 쉼표 하나하나에 너의 시간을 고이고이 묻어두었잖아. 평범한 노래에 의미를 부여해준 건 너였고, 나였고, 우리 모두였어. 우리의 추억들이 그 노래를 더욱 의미 있게 만들어 준 거야. 정말 멋진 호흡을 가진 팀인 것 같은데, 네 생각은 어때? 설령 처음 들어 보는 노래라도 괜찮아. 오늘의 새로운 기억을 만들 수 있는 거니까.

기억은 끊임없이 만들어지고, 다시 살아나면서 너의 삶을 채워 나갈 거야.

어때? 토요일 오후 네 시에 카페를 찾아가 보는 것 말이야. 혹시 알아? 잃어버렸던 네 안의 웃음과 네 안의 행복이 거기서 너를 기다리고 있을지. 오늘 우리 같이 만나러 가 볼래?

		몸	이		아	프	면
병	원	에		가	잖	아	?
		그	럼		마	음	이
아	플		땐		어	디	로
			가	야		해	?

To. 아픈 게 몸인지 마음인지 헷갈리는 너에게

요즘 병원에 다니고 있어. 컴퓨터로 업무를 하는 회사원의
고질병 때문이지. 손목부터 팔꿈치까지 저릿저릿하다거나, 키
보드나 마우스로 작업을 하는 게 조금 불편하다거나, 허리와
목이 뻐근하고 아프다거나 하는 등의 불편함 말이야. 원인은
여러 가지가 있겠지만 물리치료를 받으러 갈 때마다 항상 같
은 말을 듣곤 했지.

"바르게 앉으시고요, 틈틈이 스트레칭 잘 해주세요."라는 의사의 무미건조한 말. 그럼 나는 기어들어가는 목소리로 "네−"라고 대답을 하고 물리치료실로 털레털레 들어가는 거야. '그걸 누가 모르나요, 실천하는 게 어려우니까 그렇죠.' 입 밖으로 꺼내지 못한 말은 입속을 맴돌다가 결국 저기 식도 맨 밑까지 쭉 밀어 넣어버리곤 했지. 안 돼, 너는 이 세상에서 잠시라도 소리로서는 드러나면 안 돼. 살살 달래면서.

물리치료실에 들어가 침대에 누워 오른쪽 팔을 물리치료사에게 맡기곤 생각해 보는 거지. 그동안 정신없이 보내왔던 나의 일과를 말이야. 흡사 '투쟁'이라고 불러도 될 만큼 치열하게 보냈던 하루하루를 하나하나 되짚어 보는 거야. 아침 아홉 시부터 퇴근할 때까지, 어떤 때는 야근까지 하면서 바쁘게 소화해내었던 앤 설리의 날들. 끊임없이 울려대는 전화와 씨름하던 시간, 무섭게 치고 들어오는 거대한 적같이 느껴지는 업무 메일을 정리했던 시간이 영화 속 회상 장면처럼 스르륵 넘어가더라.

그 끝에 다다라서야 여기저기 흩뿌려져 있던 감정의 조각을 마주할 수 있었어. 안타깝게도 '긍정'은 아니었어. 무엇을 위해 내 몸을 혹사하면서까지 숨가쁘게 달려왔던 걸까, 하는 안타까움에서 비롯된 조각들. 서글픔, 서러움, 후회, 허무함이 마구 뒤섞이고 뒤엉킨 복잡 미묘한 느낌이었지.

미안했어. 병원 신세를 지기까지 내 몸이 보냈을 신호를 무시했던 게.

쉬어야 한다고. 그렇지 않으면 분명히 탈이 날 거라고 몇 번이나 눈치를 줬던 걸까. 세심하게 알아차렸어야 했는데. 후회는 언제나 때가 늦은 법이지. 평소에는 귀담아 듣지 않다가 건강이 떠난 후에야 남겨진 빈자리를 어루만져 보는 거야. 너의 소중함을 절절히 느끼고 있으니 제발 다시 돌아오라고 애원하면서. 참 아이러니하지? 꼭 아프고 나서야 자신을 돌보니까.

오른쪽 팔꿈치부터 손목까지 고루 붙여놓은 치료 기계가 팔이 아니라 가슴 한 켠을 찔러대는 것 같았어. 톡톡, 찌르르,

규칙적으로 소리를 내는 기계에 팔을 맡긴 채 가만히 누워 있을 수밖에는. "움직이지 마세요, 기계가 떨어져요."라는 말로 나의 몸을 묶어두었으니까. 40분 동안 병원 천장을 바라보며 반강제로 자아 성찰의 시간을 가졌지.

아홉 시가 조금 넘은 아침 시간, 시끌벅적한 회사가 아니라 우아한 클래식이 흘러나오는 조용한 병원에서, 나에게 집중할 틈이 허락된 거야.

역시 오래 앉아 있던 게 문제였던 거 같아, 종종 스트레칭을 해야 했는데. 아픈 게 다 나으면 바른 자세로 앉고 스트레칭도 틈틈이 할 거야. 빨리 낫기만 하면, 그 정도쯤이야. (하지만 지키는 건 쉬운 일이 아니었어. 자칫하면 흐트러지는 자세를 바로잡는 데 엄청난 노력을 해야 했거든.)

어디보자, 반성은 다 했고, 치료가 끝나면 제일 먼저 뭐를 할까? 허리가 덜 아파서 장시간 기차를 타는 데 무리가 없게 되면, 팔이 덜 아파서 무거운 카메라를 들고 다녀도 불편함을

느끼지 않게 되면 여행을 떠나야지, 라고 다짐하는 순간, 기분이 좋아지고 설레는 거야.

'여행'이라는 단어 때문이었어. 잊고 있던 약속을 급하게 떠올리기라도 한 듯, 나도 모르게 손뼉을 탁! 하고 쳤어. 아, 맞다! 나는 여행을 정말 좋아하는 사람이었지! 슬프게도 마지막 여행을 떠올리는 데는 제법 시간이 걸렸어. 기억 속의 여행 페이지를 찾기 위해 꽤 한참을 훑어야 했거든.

몇 년 전만 해도, 시간 여유가 있을 때마다 가까운 곳이라도 훌쩍 떠나곤 했는데. 덜컹덜컹하는 기차에 앉아 커다란 창문으로 보이는 황금빛 논밭을 참 좋아했는데. 바쁘다는 이유로, 피곤하다는 이유로 미뤄왔던 거야. 결국 몸에 이상 신호가 왔던 거고. 병원 침대에 누워서야 그걸 깨닫다니. 정작 제일 중요한 나 자신을 돌보지 않았다니.

중간중간, 한 번씩 낯선 곳에서 새로운 에너지를 충전시키고 왔다면 몸이 지금보다 훨씬 튼튼해지지 않았을까, 새로운 사람을 만나고 아름다운 풍경 속에서 물들다 보면 완벽한 힐링이 되지 않았을까.

마음만 먹으면 어려운 일이 아닌데 왜 그동안 하지 않았던 걸까. 왜 스스로 허락하지 않았던 걸까.

나에게 던지는 물음이 끊임없이 쏟아져 나왔지. '좋아! 어느 정도 치료가 되면 바로 떠나는 거야!' 심장이 빨리 뛰었어. 입꼬리도 쭉 올라갔지. 아마 환하게 웃고 있었을 거야. 긍정의 에너지를 가득 채울 그날을 떠올리면서 말이야.

나의 공간은
'삭막함'이 아니라
'생동감'으로
가득했으면 좋겠어

퇴근하고 현관문을 열고 들어갔을 때, 나를 반겨주는 무언가라도 있었으면 하는 생각을 했어. 조용하다 못해 적막함이 가득 찬 공간에서 나 말고 살아 숨쉬는 다른 존재가 있다면 좋겠다고 말이야.

마릴라 아주머니의 곁을 떠난 후, 독립된 공간을 가졌다는 사실에 신이 났었어. 물론 봄이면 벚꽃이 날리는 에이번리 마을의 녹색 지붕 집을 사랑하지만, 완전한 내 공간을 가진다는 건 또 다른 즐거움이니까. 좋아하는 보름달이 그려진 액자를 걸어놓고, 무드 등도 침대 옆에 두었어. 처음엔 소품을 고르는 것마저 재미있었지만, 잠시뿐이었어. 이 공간에 숨을 쉬고 있는 생명이 나밖에 없다는 사실에 뼛속까지 외로움이 파고들었거든.

그렇다고 고양이나 강아지를 키우기엔 그 아이들에게 너무 미안한 거야. 아침에 나가면 저녁에 돌아오는 바쁜 주인이 될 텐데, 하루에 절반 이상을 홀로 보내야 하잖아? 나의 외로움을 달래 보겠다고 여린 생명을 쓸쓸히 둘 수는 없었으니까.

방법을 찾다가 동물 대신 식물을 집에 들여 보기로 했지. 화분에 심을 수 있는 뿌리식물을 몇 개 들였어. 스킨답서스, 다육식물, 산호수 같은 관리가 쉽고, 잘 죽지 않는다는 아이들로. 근데 그 말 진짜 맞아? 잘 죽지 않는다는 말!

나는 정말 마이너스의 손인 걸까? 손이 덜 가고 생명력이 강하다는 식물들 위주로 베란다에 두었지만, 한 달 뒤 결국 살아남는 아이들은 다섯 개 중 한두 개뿐이었어. 시들시들 죽어가는 아이들을 바라볼 때마다 아, 나는 이쪽으로는 재능이 없나보다 싶었지만 포기할 수는 없었지. 살아 있는 무언가의 에너지가 너무 그리웠거든.

정성이 닿은 걸까? 때마침 플라워 클래스를 접할 기회가 생겼어. 일주일에 한 번씩 퇴근 후 수업을 들으러 가는 회사 동료가 있었거든. 우연히 따라간 그곳은, 내게 예상치 못한 기쁨을 선물해주었어. 꽃으로 가득찬 곳에 발을 디딘 순간 꼭 한번은 배워 보고 싶다는 의지가 불타올랐거든. 코를 타고 들어오는 달콤함, 손끝으로 전달되는 부드러움과 촉촉함, 눈으로 들어오는 화려한 색감. 이 모든 것에 나는 금세 매료되었고, 동료가 말하는 '작품'을 직접 만들어 보고 싶었지.

일주일에 하루, 두 시간 수업이었지만 덕분에 행복한 두 달을 보냈어. 수업하는 동안에는 오로지 꽃을 다듬고 모양을 만드는 행위에만 집중을 해야 하니, 잡다한 고민을 할 틈이 없었지. 평소 생각이 많은 내게 주어진 해방의 시간이었어.

두 시간 동안 꽃 가위로 직접 다듬고, 꽃잎을 잘라내고, 장미 가시를 떼어냈지. 그렇게 탄생한 작품을 가지고 집에 돌아갈 때의 기분이란! 혹 지하철에 사람들 사이에 끼여 꽃잎이 상할까봐 얼마나 애지중지 가져왔는지 몰라. 어디다 놓아야 예쁠까, 식탁 위에 둘까, 침대 위 선반에 둘까, 아니면 화장대 옆에 둘까. 즐거운 고민을 하면서 말이야.

강사님이 말한 일주일 동안 꽃이 주는 에너지를 만끽했어. "여러분, 꽃꽂이로 해놓은 꽃은 보통 일주일 정도 예쁘게 보실 수 있어요." 아, 내 꽃의 최대 수명은 일주일이구나. 그동안 충분히 많이 보고, 예뻐해 줘야겠다. 나중에 아쉬움이 남지 않도록.

내가 화분에 심어 놓은 식물이 하루가 다르게 시들어갈 때마다 왜 속상했는지 아니? 무럭무럭 자라서 풍성한 잎사귀를 멋지게 뽐낼 수 있을 거라는 희망이, 나만의 작은 정원을 만들고 싶다는 소망이, 눈에 띄게 사그라져 가는 걸 지켜봐야만 했

기 때문이야. 결국 빈 화분만 덩그러니 남겨질 것을. 준비되지 않은 이별은 언제나 공허함을 남기는 법이니까.

하지만 꽃은 달랐어. 일주일이 정해져 있다는 건 아쉬운 일이었지만, 허락된 시간 동안 아낌없이 사랑을 주어야 겠다는 생각을 하게 했으니까.

늦은 저녁, 퇴근 후 힘든 몸을 이끌고 도착한 집. 어두운 방에 스위치를 탁, 켰을 때 가장 먼저 꽃을 찾았지. 오늘도 어여쁜 모습 그대로구나. 코를 갖다 대고 향기를 한 번 맡고, 눈으로 사진을 찍고, 손으로 꽃잎을 만지면서 예쁘다고 속삭이기도 했지. 나와 꽃에 주어진 일주일이란 시간을 정말 알차게 보냈어. 후회하지 않도록.

나는 내게 소중한 선물을 매주 주었던 거야. 따뜻한 마음을, 활기찬 에너지를 말이야.
그렇게 삭막했던 나의 공간이 변화하기 시작했어.

작은 꽃 덕분이었지. 집 안의 분위기를 달콤하게 바꾸어주었으니까. 수업은 끝났지만, 날 좋은 주말이면 꽃시장을 찾아서 제철 꽃을 사곤 해. 적은 돈으로 일주일 동안 최대치의 기쁨을 누릴 수 있는 나만의 노하우랄까? 이번 주말도 꽃시장에 한번 들러봐야겠어. 벌써 기대가 돼! 어떤 꽃들이 나를 반겨줄까? 어때, 너도 함께 가 보지 않을래?

어느 날
문득 웃음이
나던 날

짙은 갈색 나무에 하얗고 폭신폭신한 예쁜 눈이 내렸어. 봄
날에 휘날리는 꽃 눈 말이야. 벚꽃이었어. 지나쳐 가기 바빴던
나무 아래에 사람들이 머무르는 시간이 길어졌지. 흩어져 사
라지는 말소리만 있었던 나무 밑이, 사람들의 즐거운 목소리
로 가득해졌지. '정말 예쁘다'라는 기분 좋은 말과 함께.

하늘이 쾌청한 푸른빛인지 연한 핑크빛인지 헷갈릴 정도로 많은 벚꽃이 있었어. 시야 가득 채우고 있는 아름다움에 취해 사진을 찍다가, 가만히 들여다보다가, 또다시 사진을 찍다가. 가끔 바람결에 떨어지는 꽃잎을 두 손으로 착! 하고 잡기도 했다가. 여기저기서 사람들의 웃음소리가 들렸어.

그날, 나도 세상 행복한 무리 중 한 명이었을 거야. 오래전의 추억이지만, 이맘때 쯤이면 작은 기쁨을 선물해주는 기억의 한 페이지가 있어. 평범했던 날의 가장 행복했던 순간이었지.

4월, 벚꽃이 흐드러지게 피는 토요일 오후, 친구와 여의도 벚꽃축제를 가기로 한 날이었어. 오전에 학교에 갔다가 오후 네 시에 만나기로 약속을 잡았지. 부랴부랴 집에 와서 친구와 함께 먹을 김밥을 돌돌돌, 열심히도 말았지. 한껏 들뜬 모습에 마릴라 아주머니께서는 "앤, 어딜 가길래 그렇게 들떠 있는 거니?"라며 궁금증이 가득한 표정으로 물어보셨어.

"친구와 벚꽃축제를 가기로 했어요! 봄에 내리는 하얀 눈송이라니, 생각만 해도 멋져요! 녹지도 않고, 차곡차곡 예쁘게 쌓일 거예요. 분홍색과 흰색이 어우러져 실크 같은 부드러운 꽃길이 만들어지겠죠? 그 위를 걷는 저는, 드레스를 입은 신부처럼 보일지도 몰라요! 아아, 마릴라 아주머니, 저는 꼭 4월의 신부가 되고 싶어요! 꽃향기가 휘날리는 봄날, 바람결에 드레스의 끝자락이 살짝살짝 들춰지는 그런 날이면 좋겠어요."

"얘 좀 봐? 친구랑 벚꽃축제를 간다면서 뭘 그런 생각까지 하니? 너무 앞서가는 거 같은데."

한껏 들떠 있는 나를 못 말리겠다는 듯 바라보시며 한 말씀 하셨지. 하지만 상상만으로도 기분이 좋아졌어. 따뜻한 봄기운이 완연한 4월에 새하얀 웨딩드레스와 바스락거리는 풍성한 베일을 쓴 신부라니, 낭만적이지 않니?

설렌 마음은 여의도로 향하는 지하철에서도 그대로였어. 물론 지하철에서 내리자마자 엄청난 인파에 휩쓸려 정신은 없었지만. 엉금엉금 한 계단, 한 계단씩 올라가다 보니 어찌나 오래 걸리던지. 바깥 공기를 마시기까지 한참이었지 뭐야.

그런데 말이야, 신기했던 게 뭔지 아니? 왜 이렇게 사람이 많냐며 짜증을 낼 법한 상황이었는데도 한 번의 투덜거림도 없었다는 거야. 적당히 따뜻한 봄바람, 적당히 밝은 햇살, 그리고 소중한 친구. 해가 뉘엿뉘엿 지면서 점점 붉게 물들어 가는 하늘빛만큼 벚꽃 잎의 색이 변해 갈 때 즈음, 내가 싸 온 김밥을 먹으며 허기를 채웠지. 아마 그곳에 화가가 있었다면 인상주의 같은 부드러운 그림이 탄생하지 않았을까 싶을 정도로 감동적인 하늘이었어.

생각해 봐, 아주 멋지지 않니? 좋은 사람과 맛있는 음식, 행복한 에너지. 사람들에게 정신없이 치이면서도 축제를 찾는 이유였던 거야. 수많은 인파 속을 휩쓸려 다닌다는 건 상당히 피곤한 일이잖아? 이리 치이고 저리 치이다가 결국 "내년엔 절대 안 올 거야. 올해가 마지막이야."라고 단정 짓듯 말하며 고개를 절레절레 흔들었으니까. 하지만 이듬해 꽃이 피기 시

작하면 뭐에 홀린 듯 검색창을 들락거리는 나를 보곤 했지.

바라만 보아도 좋은 사람과 시간을 나누고 싶은 마음이 컸던 게 아닐까. 오래도록 잊히지 않을, 떠올리면 미소가 지어지는 기억을 만들고 싶었던 게 아닐까. 사람들의 어여쁜 마음이 하나둘씩 모여 그곳의 분위기를 사랑스럽게 만들었던 건 아니었을까.

4월의 평범한 주말, 그 하루 중에서도 불과 몇 시간뿐인 너의 이야기를 갖기 위해서 말이야.

나만을 위한, 내가 만든 나의 기억들. 다른 사람은 눈치챌 수조차 없는 은밀하고도 귀중한 추억.

너를 채워가는 일상들이 겹겹이 쌓여, 너를 유일하고 특별한 존재로 만들어주기를. 언제든 네가 원할 때, 꺼내어 보며 미소 지을 수 있는 기억의 조각들을 많이 만들기를, 그래서 삶의 마지막 날에 행복했다며 웃을 수 있기를, 나는 기도해.

				면	접	에	서
떨	어	졌	던		날	에	
			듣	고		싶	은
	말	이		있	었	어	

To. 면접 탈락의 상처가 아물지 못한 너에게

"이제야 한숨 돌리겠어."

수화기 너머로 반가운 목소리가 전해졌어. 선주였어. 회사 인사팀에서 근무 중인 그녀는 얼마 전까지 진행했던 공채 때문에 정신없는 하루를 보내고 있었지. 공채가 종료된 후에야 그녀와 약속을 잡을 수 있었어. 업무에 시달리느라 힘들었을 그녀를 위해서 조용하고 아늑한 카페에서 만나기로 했지.

딸랑.

출입문을 열고 들어오는 선주가 보였어. 어깨선에 닿을 듯 말 듯 한 짙은 갈색 머리, 하늘거리는 블라우스에 화려한 패턴의 H라인 스커트. 당당함이 묻어나오는 표정이 보기가 좋았어. 몇 달 만에 만난 우리는 반갑게 인사를 나누고, 서로의 안부를 물었지.

"일은 좀 어때?"

내 물음에 그녀는 소회를 풀려는 듯 입을 열었어. '감동 스토리'가 등장할 줄은 몰랐지만 말이야. 인사 담당 실무자로서 느꼈던 그녀의 속내가 여실히 드러나는 이야기가 인상 깊었지.

"앤, 내가 꼭 하고 싶었던 말이 있었는데, 사실 회사에서는 여건이 안 되다 보니 미처 하지 못한 말이 있어. 취업준비생들에게 직접 해주는 게 가장 좋겠지만 그건 어려우니까. 너도 혹시 취업으로 힘들어하는 후배가 있다면 꼭 전해줬으면 좋겠어. 이 한마디가 생각보다 큰 힘이 될지도 모르는 일이니까."

무슨 말을 하지 못한 채 취업준비생들을 보내야만 했을까, 궁금했지.

"요즘에 입사지원 서류를 보다 보면 훌륭한 친구들이 셀 수 없을 만큼 많아. 우리는 블라인드 채용을 하고 있으니 흔히 말하는 좋은 스펙이 크게 중요하진 않아. 다만 지원자가 어떤 역량을 가지고 있고, 어떻게 드러냈는지, 우리 회사와 어울리는지를 중점적으로 보지. 글로 써진 자기소개서를 읽으면서도 꼭 한번 만나고 싶다는 생각이 드는 친구들이 있어. 면접을 보다 보면, 내 가슴이 막 뜨거워질 때도 있다니까. '나도 저렇게 열정 가득했던 시절이 있었는데.'라는 생각이 들어서. 묘한 긴장감을 느낄 때도 있고, 한 편으로는 대견하기도 하지. 어린 나이임에도 성과를 얻기 위해 노력한 게 눈에 보이니까. 어떨 땐 면접 지원자 전체를 뽑고 싶기도 했어. 하지만 그럴 수 있니, 회사가 정하는 대로 따라야지. 결국 어떤 친구들에게는 상처를 줘야 하고, 그게 너무 미안할 뿐이야."

'미안하다'는 그녀의 말에 진심이 묻어났어. 과거의 앤 설리도, 과거의 최선주도, 그리고 오늘도 면접을 봤을 누군가도 이토록 진심이 담긴 미안하다는 말을 들어 보지 못했을 거야. 그저 텍스트로 간단히 쓰인 몇 줄의 문장으로만 접했던 면접 탈락 소식에 깊은 분노를 느꼈던 기억만 남아있는걸.

누구라도 이토록 따뜻하게 한마디를 건네주었다면 마음을 조금이라도 가라앉힐 수 있었을까. 그랬다면 면접을 보는 행위가 덜 두렵지 않았을까. 최소한 '탈락'이라는 좌절 앞에서 좀 더 빠르게 회복할 수 있지 않았을까. 지나버린 그때 그 시점에서 어루만져 주지 못한 상처가 계속해서 빠져나오고 있었어.

"그러니까 면접에서 탈락했다고 자책하지 않았으면 좋겠어."

"정말이야. 진짜로, 한 끗 차이로 당락이 결정되는 경우가 대부분이거든. 특히 요즘엔 더더욱 그렇더라고. 똑똑하고 능력 있는 친구들만 모였으니 거기서 최종 인원을 가려내는 게 얼마나 어려운 일인지. 절대 당신이 모자라서 떨어진 게 아니라는 걸, 알아주었으면 좋겠어."

면접에서 떨어졌던 날, 무기력함에 빠져서 종일 누워만 있었던 날, 자책하고 또 했지. '내가 부족한 부분은 뭐였을까, 자격증이 부족했던 걸까, 학교 네임 밸류가 낮았던 걸까, 아니면 필수코스인 어학연수 경험이 없어서였을까' 같은 자존감을 한없이 낮추기만 하는 질문들을 던지고 있었던 거야. 하지만 그제야 나는, 선주의 말을 듣고 나서야, 자신에게 너그러워질 수 있었어. '그 시점의 앤, 회사에 합격하지 못한 건 네 잘못이 아니야. 네가 부족해서 그런 게 아니야.'라고 말이야.

비록 나에게는 늦은 감이 있는 위로였지만, 그런데도 마음이 풀렸던 건 그녀의 진심이 담긴 말 덕분이었어. 내가 위로를 받기 위해 만난 건 아니었는데, 예상치 못한 선물을 받았지 뭐야.

"고마워 선주야. 덕에 내가 위로를 받네."
"어쩌면 너와 내가 제일 듣고 싶었던 말일지도 몰라. 늦진
않았는지 모르겠네."

부드러운 미소를 지으며 그녀는 품고 있던 이야기 전부를
보여 주었지. 정말이지, 고마웠어. 혹시 너도 면접 때문에 힘
든 기억이 있다면 선주의 말이 작은 위로가 되었길 바라.

"너의 잘못이 아니야, 네가 부족해서도 아니야. 그러니 자책하
지 않았으면 좋겠어, 친구."

지금이 아니면
안 되는
것들이 있어

"요즘 젊은 친구들은 참 부러워. 여행도 많이 다니고, 그 나이 때 누릴 수 있는 걸 아낌없이 하는 것 같아."

한 도시를 여행할 때마다 들렀던 게스트하우스의 주인 이모는 종종 이렇게 말씀하시곤 하셨지. 여러 번 가면서 얼굴을 익히고, 친해지면서 이런저런 이야기를 많이 나누었지.

"앤, 여행도 젊었을 때 많이 다녀. 나중에 나이 먹고 나면 똑같은 걸 봐도 별 감흥이 없어. 감동이 덜 하다는 거지."

그때는 이해할 수 없었어. 나는 주인 이모의 나이가 되지 않았으니까. 으레 '짐작'만 할 뿐.

하지만 직접 경험하지 않아도 조심스레 동의할 수 있는 건, '그 나이에만 누릴 수 있는 것'이 분명히 있다는 거야.

안타까운 건 그 '특정 시기'를 지날 때는, '당연히'라는 함정에 빠져 소중함을 보지 못하고 지나쳐버린다는 것. 뒤늦게 알아차리고 후회한다는 것. 그나마 다행인 건, 그 나이를 지나서도 누릴 수는 있다는 것, 하지만 무언가의 제약이 따른다는 것.

물론 여행에만 해당하는 건 아니었어. 다들 한 번쯤은 친구들과 밤새 놀아본 경험이 있지? 20대 초반이었을 땐, 밤을 꼬박 새우고도 다음 날 아침 수업을 거뜬히 들었거든. 그날 일과

를 다 마치고 집에 돌아와서 잠자리에 들 때까지도 겉으로 표가 나지 않을 만큼 멀쩡했어. 나는 영원히 그럴 줄 알았어. 여태껏 누리면서 단 한 번도 불편함을 겪지 못했으니까. 이 능력 아닌 능력이, 특권 아닌 특권이 언제까지나 지속될 거라고. 고작 하룻밤을 새우고 다음 날 병든 닭처럼 쏟아지는 잠을 주체하지 못할 거라는 걸, 단 한순간도 생각하지 않았던 거야. 하지만 나의 과한 착각이었음을, 20대 후반이 되면서 서서히 몸으로 느끼고 있었지.

어쩌다 늦게까지 모임을 가질 때, 새벽 두 시가 넘어가면 어김없이 하품하느라 눈에서는 눈물이 마를 새가 없었고 손바닥은 벌어지는 입을 가리기에 바빴지. 자꾸만 내려오는 눈꺼풀에 애써 힘을 줘보지만 스르륵 감겨버리는 두 눈과 함께 아득하게 멀어져만 가는 정신을 놓아버리곤 했어.

'몇 년 전만 해도 안 그랬는데.' 의미없는 말만 되풀이할 뿐, 어쩔 수 없는 변화에 속수무책으로 당하고만 있을 수밖에는. "앤, 노는 것도 다 때가 있는 거란다." 마릴라 아주머니의 말씀이 그제야 뼈저리게 느껴지기 시작한 거야. 어찌어찌 밤을 새운 후에는 밀려오는 후폭풍을 감당하지 못했어. 온종일 잠을 자야만 했고 그럼에도 여전히 개운하지 못한 기분으로 하루를 마무리했으니까. 하는 일도 없이 잠자는 거로 하루를 다 써버린 거야.

술을 좋아하는 친구라면 이런 말을 한 번쯤은 해봤을 거야. "예전에는 술을 먹어도 다음 날 숙취가 없었는데 이제는 일어나기 전부터 머리가 아파."라고. 자신의 주량이 점차 줄어듦을 알아차렸을 때, 혹은 똑같은 주량에서도 다음 날 숙취가 해소되지 않는다는 걸 깨달았을 때, 그게 그렇게 속상할 수가 없더래.

이럴 수가! 우리에게 이런 시련이 주어지다니! 이해할 수도, 용납할 수도 없는 변화였지. 하지만 어쩌겠어. 한탄만 하고 있기에는 시간이 아까운걸. 어찌할 수 없는 변화는 받아들이고, 지금 누릴 수 있는 걸 찾아 누리는 게 현명한 거라고, 생각을 바꾸기로 했어. 물론 말처럼 쉬운 일은 아니지. 내가 소중한 줄 모르고 누려 왔던 거에 자꾸만 집착을 하게 되니까.

그저 이런 내 모습도 인정하고 조금씩 바꿔 나가기로 할 뿐. 이미 지나간 일에 아쉬움을 남겨두는 건, 아직 누릴 수 있는 많은 특권을 포기하는 거라고!

이 편지를 읽는 네가 몇 살인지는 모르겠지만, 분명 네 나이 대에만 즐길 수 있는 게 있을 거야. 네가 그걸 할 수 있다는 것만으로도 굉장히 큰 행복을 가져다줄 거야. 설령 네가 잃어버린 게 있다 하더라도, 이미 네 품을 떠난 것에 미련을 가지지 않았으면 좋겠어.

자꾸 뒤돌아보는 데 힘을 쓰느라 앞으로 나아갈 수 없다면, 속상하지 않겠니?

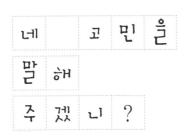

네 고민을

말해

주겠니?

To. 답답한 마음을 위로 받고 싶은 너에게

그날을 기억해. 평범한 일요일이었지만, 모든 게 완벽했던 날이었거든. 깨끗한 하얀색 쉬폰 커튼이 햇살을 머금고, 살짝 열린 창문 틈으로 살랑살랑 불어오는 바람결을 담고 있던, 가만히 앉아만 있어도 기분이 저절로 좋아지는 그런 일요일이었지.

사람들의 이야기가 채워지고 사라지고 다시 채워지고를 반복하던 공간에서 여유롭게 시간을 보내던 그때, 내 귓속으로 단어들이 들어왔어.

처음 들른 카페에서 느끼는 익숙함이었어. 비어 있던 옆자리에 앉은 친구 두 명은 내겐 한없이 낯선 존재지만, 그들의 이야기는 그렇지 않았으니까. 나의 친구들과 했던 대화와 크게 다르지 않았어. 엄마랑 일주일 동안 베트남을 다녀온 이야기, 즐겁긴 했지만 여행 스타일이 안 맞아서 고생을 많이 했다는 이야기, 너를 위해 사 온 망고 비누 이야기, 코코넛 향과 고민했지만, 왠지 너에겐 망고 향이 더 잘 어울릴 것 같아 선택했다는 부연설명, 지난 주말 데이트 중에 남자친구 부모님을 우연히 마주쳐서 함께 식사를 한 이야기까지. 끊임없이 쏟아져 나오는 이야기는 한 시간이 지나고 두 시간이 지나도록 쉼표도 없이 계속되었지.

가벼운 일상 이야기로 가득찼던 둘 사이의 공기는 전환점을 맞았지. 남자친구가 있다는 친구의 입에서 고민이 튀어나오면서부터.

"사실은 남자친구가 결혼 생각이 있더라고. 그런데 나는 준비가 안 된 것 같아. 아직 회사도 자리잡지 못했고, 무엇보다 내가 결혼생활을 잘해 나갈 수 있을지 걱정이 앞서. 이미 결혼한 친구들 말을 들어 보니까 양가 부모님부터 명절까지 신경써야 할 게 한둘이 아니라던데. 휴, 모르겠어. 어떻게 해야 하는 건지."

가만히 듣고 있던 다른 친구는 진중한 목소리로 입을 뗐어. 얼굴을 볼 수는 없었지만, 목소리가 달라졌다는 건 알 수 있었어. 여행 이야기를 할 때보다는 훨씬 차분하고 느리게 말을 건넸거든. "나도 결혼을 한 게 아니라서 뭐라 말을 해줘야 할지는 모르겠지만"으로 시작한 친구의 말을 들어보니

사실 별 내용은 없었지. 그저 공감해주고, 최선을 다해서 상대방의 기분을 파악하려 애쓴다는 게 느껴질 뿐.

하지만 고민을 입 밖으로 꺼내 본 사람이라면 알잖아, 해결을 바라고 말을 꺼내기도 하지만, 어쩌면 내 말을 들어주고 마음속 답답함을 좀 덜어주었으면, 하는 생각으로 말을 하기도 한다는 걸.

멋진 친구였어. 타인의 고민에 귀 기울일 줄 아는 사람이었고, 마음을 헤아릴 줄 아는 사람이었어. 둘 사이를 이어주고 있는 끈끈한 우정에 괜스레 나까지 흐뭇해지더라니까.

너에게도 그런 친구가 있겠지? 오랜만에 만나도 전혀 어색하지 않은, 끝없이 수다를 떨어도 지루하지 않은, 어떨 때는 혼자 끙끙 앓던 고민을 두고 머리를 맞대어주는, 그런 친구 말이야.

친구와의 대화에서 한동안 빠지지 않았던 건, '앞으로 뭐를 하면서 살아야 하나?'였어. 평생직장은 사라진 지 오래고, 지금 하는 일은 몇 살까지 할 수 있을지 불안했으니까. 결론 없는 토론이 이어졌지만, 그걸로 충분했어.

당장 해결할 순 없더라도 말을 하고 나면 답답함이 가라앉는 듯했어. 내가 몰랐던 걸 은연중에 깨닫기도 하고, 그게 문제 해결의 실마리를 제공할 때도 있었어. 이것과 저것은 아무런 연관이 없을 거라 생각했지만, 전혀 예측하지 못했던 연결고리로 이어져 있던 거지.

미처 드러내지 못한 너의 고민은 뭐가 있니?

물론 스스로 충분히 생각하는 시간도 중요하지만, 때로는 주변 사람과 나누는 것도 좋은 해결책이 될 거야. 사소한 거라도 괜찮아. 우리는 고민하고, 생각하고, 해결하면서 성장해 나갈 테니까.

뒤척이던
그날 밤,
잊고 있던
노랫말을
흥얼거렸어

To. 잃어버린 마음속 목소리를 되찾고 싶은 너에게

예전에 아주 파격적인 텔레비전 광고가 하나 있었는데, 기억하는 친구가 있으려나? 한 통신사 광고였는데 버전이 여러 개였어. 나처럼 빨간색 머리카락을 가진 여주인공이 토마토를 던지고 터트리는 통쾌함을 담기도 했고, 파란색 융단 같은 걸 온몸에 휘감고서는 "네가 진짜로 원하는 게 뭐야"라는 노랫말에 맞춰 자유롭게 뛰어노는 광고였지.

당시에 신선한 콘셉트로 굉장한 이슈를 일으켰던 게 기억 나. TV 채널을 돌릴 때마다 저 노래를 배경음악 삼아 밝은 표정으로 방방 뛰고 있는 앳된 여자가 있었지. 사람들은 그녀를 신비의 소녀라고 불렀고, 깊은 인상을 남겼어. 어렸던 우리에 게도. 수련회에서 흉내랍시고 이불을 둘둘 말고서 한참을 뛰놀았거든. 마냥 즐거웠던 추억을 남겨준 광고였지.

알 수 없는 이유로 잠을 설치던 그날 밤, 침대에 누워 눈을 감고 있다가 갑자기 탁! 하고 떠오른 거야. 허스키하면서도 강렬한 목소리로, 거의 부르짖듯이 소리치던 노랫말이, 한없이 밝고 경쾌해 보였던 신비 소녀의 표정이. 뜬금없이 말이지.

어디에서든 입버릇처럼 중얼중얼했으면서 어느 순간부터 완전히 잊어버리고 살아왔더라? "네가 진짜로 원하는 게 뭐야!"라는 말을. 어두운 밤, 침대 위에서 예고 없이 등장한 말에 나는 한참을 잠들지 못한 채로 뒤척거렸어. 지금의 나에게 똑같이 물어본다면 쉽사리 답하지 못한다는 게 심란했거든.

아마 이불을 뒤집어쓰고 뛰놀던 시절의 나에게 물었다면,
금방 대답했겠지. 하고 싶은 것도, 되고 싶었던 것도 많았으니
까. 중·고등학교 땐 직업군인이 되고 싶었어. 제복에 막연한
동경이 있었고, 군복을 입은 나를 상상하다 보면 왠지 행복했
거든. 큰 키 덕분인지 "잘 어울릴 것 같아"라는 말에 더욱 신
나서 군인이 되리라, 다짐했었지. 더 어릴 때는 그림 그리는

걸 좋아해서 만화가를 꿈꾸기도 했고. 지금은 전혀 다른 일을 하고 있지만, 그 시절의 나는 그랬어.

첫 회사에서 첫 월급을 타는 날, 두 손 가득 샀던 건 아이스크림이었어. 냉동실 가득히 아이스크림을 채워 넣고 질리도록 먹는 게 소소한 꿈이었거든. 설사 배탈이 나더라도 괜찮아, 꼭 한 번은 하고 싶었으니까. 유난스러울 정도로 한강을 좋아했기에 우울할 땐 혼자 한강을 찾아 황금빛의 일렁이는 강물을 바라보며 기분을 풀곤 했어. 마인드컨트롤 방법을 잘 알고 있었던 거지.

그때의 난, 하고 싶은 것, 이루고 싶은 것, 갖고 싶은 걸 어렵지 않게 말할 수 있었어. 다 이룰 수 없고, 모두 가질 수 없다는 것 또한 알았지만 그래도 꿈꾸는 걸 멈추지 않았어. 애써 생각하지 않아도, 자연스레 하나씩 해 나가고 있었으니까.

어른이 되면서부터는, 정확히 말하자면 '앤 셜리' 앞뒤로 '직함'이라 하는 다른 이름이 붙으면서부터, 마음의 소리와 멀어지기 시작한 거야. 이름에 붙은 군더더기들이 내 원래 이름을 흐리게 했던 걸까.

어쩌면 듣고 싶지 않았을지도 몰라. 애써 외면하려 했던 걸지도. 당당하게 대답할 수 없는 내가 부끄러웠으니까. 바쁘다는 핑계로, 신경쓸 여력이 없다는 거짓말로 피했던 건 아니었을까. 고개를 돌린다고 안 보이는 게 아닌데, 무시한다고 속이 편한 게 아닌데 말이지.

이름에 군더더기가 하나씩 붙을 때마다, 내면의 목소리는 더욱더 깊숙한 곳으로 숨어 들어갔지. 자신을 알아봐 주지 않는 나에게 토라지기라도 한 듯. 하지만 다행이었어. 노래한 소절이 봉인을 풀어주는 열쇠였으니까.

뒤척이던 그날 밤, 결심했어.
그토록 오래도록 따라 불렀던 노랫말을 다시 읊어 보겠노라고, 잊고 있던 노랫말을 습관처럼 말해 보겠노라고.

내가 진짜로 원하는 게 뭐냐고

스스로 물어보지 않으면 누구도 나에게 먼저 물어봐 주지 않을 테니, 내가 행복해질 방법은 나 스스로 찾아보겠다고 말이야.

오직
'나'만을 위한
한 끼가 필요해

To. 엄마 밥이 그리운 너에게

오늘은 가족의 품을 떠나 홀로서기를 하는 친구들에게 하고픈 말이 있어서 펜을 들었어. 지사 발령으로 혼자 남쪽 지역으로 내려간 친구와의 통화에 미처 다 담지 못한 내용이 있거든. 이렇게라도 편지를 띄우면 그녀뿐만 아니라, 같은 처지에 놓인 친구들에게도 조금이나마 위로가 되지 않을까 싶어 편지를 써.

홀로 생활한다는 게 생각 외로 신경써야 할 부분이 많다는 걸, 나도 겪어 본 후에야 알겠더라. 걱정스러운 마음에 그녀에게 "밥은 잘 챙겨 먹고 다녀?"라고 물었지. 돌아온 대답은 역시 예상을 벗어나지 않았어. "앤, 너 우리 엄마 같다. 우리 엄마만 나한테 밥 먹고 다니냐고 물어보던데. 너도 혼자 지내니까 잘 알겠지만, 혼자서 밥 챙겨 먹고 다니는 게 어디 쉬운 일이니? 아침에는 더 그렇지. 안 그래도 피곤한데 5분, 10분 더 자다 보면 출근 시간에 딱 맞춰서 일어나니까. 밥까지 먹을 여력이 없지."

"맞아, 그건 그래." 마릴라 아주머니의 품을 떠나 홀로서기를 한 지 벌써 10년차에 접어드니 그녀의 말에 절로 고개가 끄덕여지더라. 특히나 아침 식사를 하고 출근하기란 보통 의지가 아니고서는 불가능한 일이니까.

"그럼, 저녁은? 저녁이라도 잘 먹어야지."
"음식 해 먹는 게 여간 귀찮아야지. 힘들게 반찬을 만들어도 혼자서만 먹으니 줄어들지도 않고, 똑같은 반찬으로 몇 끼

씩 먹다 보면 질리고. 남은 반찬은 버리게 되고. 시간은 시간
대로 들고, 노력은 노력대로 들고. 간단하게 라면 같은 거 끓
여 먹어. 새삼 느낀다. 우리 엄마, 얼마나 힘들었을지. 다 큰 딸
내미 밥 차려준다고 고생 많이 하셨을 거야, 그렇지?"

철들었네, 내가 다 흐뭇하더라니까.

"그래도 잘 먹어야지, 너 제대로 안 먹고 다니는 거 어머님
이 아시면 무척 속상해하실 거야. 일하라고 보내났더니 몸만
상해서 왔다고."

처음엔 그녀의 홀로서기도 재미있었다지. 밤늦게 놀다가
들어와도 잔소리를 하는 부모님이 안 계시고, 순전히 자율성
에 맡긴 나날들이었으니까. 하지만 그녀가 놓친 게 있어. 사
람은 적응의 동물이라는 말, 어느 환경에서든 적응하고 살아
간다는 의미로 쓰이잖아. 다른 시선으로 보면 이런 해석도 가
능하지 않을까?

새로운 환경에 금세 적응한다는 건,

처음이 주는 짜릿함의 수치가 점점 낮아져 결국, 특별함이 사라지게 된다는 것.

낮선 자극에 취해서 보지 못했던 독립을 한 꺼풀 벗겨 내니, 현실이 눈에 들어오더래. 자신이 청소하지 않으면 일관되게 어수선한 방, 설거지하지 않으면 여전히 그릇이 쌓여 있는 싱크대가 눈에 거슬리기 시작한 거야. 깔끔하게 정리된 방이 사라졌다는 걸, 발 디딜 틈 없이 널브려져 있는 옷가지들 사이에서 깨달은 거지.

그녀의 식단도 인스턴트나 패스트푸드로 채워졌어. 전자레인지는 필수품 1순위가 된 지 오래였고, 찬장 한 칸을 가득 채운 통조림과 라면은 그녀의 식습관을 대변해주었지. 그마저도 귀찮으면 배달음식을 시켜 먹기도 했고. 혼자서 먹기엔 양이 많은 경우가 다반사라, 남은 음식을 처리하는 것도 일이었지만. 그렇게 변해 가는 자신의 공간을 바라보다 문득, 엄마 없이 생활한다는 게 쉬운 일이 아니라는 생각이 들더래. 자주는 아니었지만 외로움에 잠을 설치기도 했고.

무엇보다 서러웠던 건, 아플 때였어. 옆에서 이마에 물수건을 얹어줄 사람이 없다는 사실이 어찌나 서글프던지, 그때 가족의 품이 가장 그리웠다고 했어. "앤, 너는 아프지 마. 우리 이제 건강에 신경쓸 때라고."

농담 같은 진담으로 서럽던 기억을 덮어버린 그녀. 그녀의 하루하루를 같이 되짚으며 듣는데, 애잔하기도 하고 대견하기도 하고, 안타깝기도 하고. 기분이 되게 묘하더라? 내 모습과 크게 다르지 않았기에 더욱더 그랬던 걸지도 모르지.

곁에 아무도 없다는 외로움을 달래려고 요즘 난 일주일에 하루는 정성껏 밥을 지어. 누구도 아닌 오로지 '나'만을 위해서.

물론 그래봤자 메인요리 하나에 반찬 한 가지, 밥 정도이지만. 다행히 숙달되면서 시간도 줄어들고, 할 수 있는 요리도 많아졌지.

먹음직스럽게 차려진 식탁을 보면서 뿌듯했어. 김이 모락모락 나는 밥 앞에서, 익숙하지만 그리웠던 냄새를 풍기는 음식 앞에서, 나를 위해 투자한 나의 시간을 가만히 안아주는 거야. 초대할 누군가가 있다면 더할 나위 없이 좋겠지. 만약 여의치 않더라도, 혼자서 대충 끼니를 때우지는 않았으면 해. 음, 때우지 않고 즐겁게 즐길 수 있었으면 좋겠어.

나는, 네가 설사 가족의 품을 떠나 있더라도, 가족의 온기까지 잃어버리지 않았으면 좋겠어. 바쁘다는 이유로, 귀찮다는 이유로 말이야.

에필로그

내가 그러했듯,
이 이야기가 누군가에게
소중한 존재가 되기를

빨강머리 앤이 보낸 스물아홉 통의 편지가, 그녀를 좋아하는 친구들에게 무사히 전달되기를 바라는 마음으로 글을 써나갔다. 그저 잔잔하게, 편한 친구와 대화를 나눌 때 느끼는 평온함을 담고 싶었다. 함께 웃고, 울고, 고민을 나누면서 보냈던 우리의 시간을 말이다. 때론 추억을 공유했다는 사실만으로도 위안이 되기도 하니까.

흉터를 남기지 않기 위해서는 아프더라도 상처에 소독을 꼼꼼히 해주어야 한다. 시간이 지나면 저절로 낫겠지, 라는 생각에 방치해두다간 곪거나 더 큰 흉터가 남게 마련이다. 마음의 상처도 마찬가지. 바쁘다는 핑계로 지나쳤던 크고 작은 상처들을 무딘 척, 시간이 해결해줄 거라는 생각으로 넘어가곤 했었다. 오히려 자기 자신을 돌보는 데는 소홀했던 과거의 내가 있었다.

그랬던 내가, 20대와 크게 다르지 않은 30대를 살아가며 빨강머리 앤을 다시 만났다. ('서른이 되면 무언가를 대단하게 이루었을지 알았다'는 의미다) 기억에서는 지워졌지만, 드문드문 써 나갔던 다이어리에서는 기록으로 또렷하게 남은 나의 하루들. 그 수많은 날 속에서 빨강머리 앤과 함께 하고 싶은 순간을 추리는 일은 고된 작업임과 동시에 설레는 일이었다.

빨강머리 앤이라면 어떤 이야기를 했을까? 여기서부터 시작한 물음들이 모이고 모였다. 답은 간단했다. 듣고 싶었지만 듣지 못해서 아쉬움이 남았던, 해주고 싶었으나 하지 못해 안타까웠던 말들이 하나씩 떠올랐다. 그렇게 나는 앤을 통해서 하고 싶었던 말을 했고, 듣고 싶던 말을 들었다.

"괜찮아"라는 말로 덮어버렸지만 괜찮지 않았던 상처들. 앤은 정확하게, 그리고 부드럽게 어루만져주었다. 늦었지만 이제라도 치료할 수 있었다는 것, 그래서 앞으로 나아갈 힘을 얻었다는 것. 그것만으로도 앤과의 만남은 충분히 행복했다.

그녀와 호흡을 맞추는 동안, 소홀히 넘겼던 하루하루에서 따뜻하게 머무르는 시선이 생기기 시작했다. 조금 더 많이 웃었고, 조금 더 많이 나를 안아주었다. 아무것도 아닌 일상을 아무것도 아니지 않게 만드는 건, 내가 스스로 해야 하는 일이라는 걸, 나는 앤을 통해 다시 한 번 깨달았다.

앤이 그러했듯이, 나 또한 누군가에게 과하지 않은 위로로 다가갔길 바란다. 위로랍시고 가르치려고 하지 않았기를 바란다. 우리는 잘 알고 있지 않은가, 그건 위로의 탈을 쓴 오지랖에 불과하다는 걸.

이 책이 누군가에겐 따뜻한 한 통의 편지가 되었기를.
누군가로부터 편지를 받을 때의 설렘을 느낄 수 있었기를.

그렇게 마음이 전해지고, 또 전해져서 또 한 사람에게 작은 위로로 남았기를.

때로는 친구처럼, 때로는 친한 언니처럼, 빨강머리 앤이 그랬던 것처럼, 이 책 또한 누군가에게 그런 소중한 존재가 되었기를 바란다.